청고개를
넘으면

이동렬 에세이

청고개를 넘으면

1판 1쇄 발행 | 2010년 3월 5일

지은이 | 이동렬
발행인 | 이선우
펴낸곳 | 도서출판 선우미디어
등록 | 1997. 8. 7 제300-1997-148호
110-070 서울시 종로구 내수동 75 용비어천가 1435호
☎ 2272-3351, 3352 팩스: 2272-5540
sunwoome@hanmail.net
Printed in Korea ⓒ 2010. 이동렬

값 10,000원

ISBN 89-5658-235-1 03810

청고개를
넘으면

|이동렬 에세이|

선우미디어

책머리에

내가 읽는 책의 대부분은 한국에 있는 손난희 박사가 보내준다. 손 여사는 이화여대에서 석사, 박사 과정을 마친 내 옛날 대학원 조교다. 읽고 싶은 책이 있으면 알려달라는 호의를 거절 못하고 몇 번 보내오는 책을 공으로 받다 보니 이제는 그것도 이골이 나서 손 여사에게 전화로 책 부탁 하는 모습이 마치 서점에 책 주문하는 것처럼 당당해졌으니 꼴불견이다.

수필 원고를 컴퓨터에 넣는 일은 이번에도 윤정숙 양이 수고를 했다. 윤 양은 내가 이화여대에 있을 때 석사를 마치고 지금은 박사과정에 있는 학생이다. 자기 공부하기에도 바쁠 텐데 내 일까지 돌봐 달라니 얼마나 귀찮을까. 그러나 내가 이제 내 인생 '마지막 수필집'이라고 금방 숨 넘어 가는 소리를 해대는 데야 그 마음씨 고운 윤 양이 어찌 더 이상 버틸 수 있겠는가.

이번에도 책 출판은 '선우 미디어'가 맡아 주었다. 사업가 같아 보이지 않는 마음씨 착한 사업가 이선우 사장, 먼저 나온 책 『바람 부는 들판에 서서』가 책이 예쁘다고 주위에서들 칭찬하니 나도 덩달아 기분이 좋다. 끝으로 내가 각별한 고마움을 표해야 할 사람이 한 분 계시다. 이 수필집의 초교, 재교를 자원봉사를 해 주신 토론토의 강경옥 님이다. 강 여사는 교정에 대단히 유능한 분. 그러나 원숭이도 나무에서 떨어질 때가 있는 법. 혹시 강 여사가 교정에서 놓친 것을 발견하면 즉시 416-792-1030으로 신고(?)해 주면 고맙겠다. 틀린 글자 하나 발견에 코카콜라 한 병을 약속한다. 이 책이 나오기까지 주위에서 이렇게 많은 사람들이 나를 도와주었으니 저쪽에서 보면 나는 '참 성가신 인물'이지만, 이쪽에서 보면 '참 복 많은 사람'이다.

백수가 된 지 4년이 넘었다. 덧없는 세월―.

2010. 3.

캐나다 토론토 국제공항 옆 陶泉書廚에서 이 동 렬

| 이동렬 에세이 |

청고개를 넘으면

차례

| 7부 | 세월

1

불로초

웃음

우리는 아무도 신생아에게 웃는 것을 가르치지 않는다. 인종·문화를 막론하고 신생아는 생후 두 달에서 넉 달이 되면 웃기 시작한다. 태어날 때부터 맹인이거나 농아, 혹은 신체 발육이 완전하지 못한 신생아도 마찬가지다.

웃음을 연구하기 위해 세계 구석구석을 누비고 다닌 캐나다 몬트리올의 언론인 네렌버그(Nerenberg)라는 사람에 의하면 우리는 "사람과 사람 사이의 관계를 형성하기 위해서 언제 어디서나 웃는다."고 한다. 신생아는 말[言語]을 시작하기 전부터 웃는다. 동물들도 웃음이 있다고 주장하는 사람도 있으나 과연 그럴까, 의심이 간다. 웃음을 기본 언어라고 보면 언어가 일차적인 통신 수단이 되고 웃음은 그 부속물이라는 지금까지의 주장은 틀린 것이라고 볼 수 있다.

웃음은 근본적으로 놀이와 교제의 언어이다. 저명한 신경의학자 프로봐인(Provine) 교수의 주장을 따르면 서양문화권에서 사는 사람들의 90%는 충분히 웃지 않는다고 한다. 그런데 중요한 예식, 이를테면 장례식이나 교회에서 기도를 할 때 우리는 웃지 않고, 스트레스에 쌓여있거나 우울한 소식을 들을 때도 우리 얼굴에는 제일 먼저 웃음이 사라진다.

웃음에는 노골적으로 상대방을 업신여기든지 대수롭지 않게 생각한다는 메시지가 깔려있을 때가 많다. 링(ring) 위에서 주먹을 주고받던 권투 선수가 상대 선수가 날린 강펀치를 맞고도 아무렇지도 않다는 듯 흰 이[齒]를 드러내며 씩 웃는 허세는 '아이고 간지러워라, 이 애송이야. 이 정도 펀치(punch)를 가진 하룻강아지가 나한테 덤벼들다니…' 하고 상대를 비웃는 의미가 있다. 그러니 상대방을 얕잡아 본다는 메시지를 보낼 때도 웃고, 서로 사이 좋게 지내자는 사랑의 메시지를 보낼 때도 웃으니, 웃음의 기능도 우리의 사회생활만큼이나 복잡하다.

일반적으로 웃음이 헤픈 사람, 특히 사내 녀석이 웃음이 많으면 줏대가 꼿꼿하지 못하고, 마음씨는 좋으나 매사에 흐리멍텅한 사람으로 취급 받기 쉽다. 한편 여자가 웃음이 많으면 그녀의 정조관념에 부정적 이미지를 갖게 되는 경우가 많다.

나는 가끔 이런 공상을 해본다. 즉 대한민국 국민 전체가 하루 15분씩 의무적으로 웃는 '웃음 웃기 대국민운동', 좀 더 구체적으로 청와대 이명박 장로의 특명으로 교회에서 통성(痛聲)기도를 통소(痛笑) 기도로 바꾸고, 학교에서 아침마다 부르는 애국가 대신 전교생이 태극기 앞에서 미친 사람처럼 웃는다면 이 운동이 '대운하 사업'이나 '4대강 살리기'보다 국민의 지지가 더 크지 싶다.

사람들이 하루에 웃는 시간이 평균 5분이라는 주장이 있다. 이

것을 3배인 15분 정도로 늘리면 국민의 행복지수는 적어도 2배
는 올라 갈 것이 아닌가. 우리는 기분이 좋아서 웃기도 하지마는
웃으면 기분이 좋아지는 경우도 많기 때문이다.

　사람들이 웃음에 관한 시(詩)를 쓴 것이 몇 개나 될까? 호기심
으로 김희보님의 510쪽 책『한국의 명시』를 훑어보았다. 여명기
부터 현대까지 180명의 시인 가운데 제목에 웃음이라는 단어가
들어간 시는 단 한 편, 즉 파인(巴人) 김동환의 「웃은 죄」밖에 눈
에 띄는 것이 없었다. 그러나 세종 음악사에서 펴낸『동요 120곡
집』에는 웃음에 관한 노래가 4곡이나 있었다. 그 중 박경용 요
(謠) 정혜옥 곡이 퍽 재미있다.

　　웃으면서 떠 오는 아침 해처럼
　　우리들도 하하하 웃으며 살자
　　새 나라의 어린이 모두 모두 웃으면
　　삼천리는 하하하 웃음 꽃 피네

　웃음 얘기가 나오면 저 유명한 중국 당나라 때 시인 백거이의
시구를 빼놓을 수 없다.

　　있으나 없으나 즐거이 살자
　　웃지 않고 사는 이 바보 아닌가.
　　隨富隨貧且歡樂　不開口笑是痴人

물질적으로 넉넉하다고 더 많이 웃고 행복감을 느끼는 것은 아니다. 예로 필리핀은 물질적으로는 그다지 풍부하지 못한 나라이지만 아시아 여러 나라 중 가장 행복감이 높고 국민들이 잘 웃는 나라가 아닌가. 웃음을 가져오는 것도, 행복감을 느끼게 하는 것도 주위 사물을 해석하는 내 마음 하나에 달린 것. 세상은 즐거운 마음으로 보면 한없이 기쁘고, 울적한 마음으로 보면 한없이 슬픈 것이다.

2009. 7.

성형수술

한국에는 미인이 많다. 동방예의지국이란 말은 벌써 오래 전이야기, 바야흐로 동방미인지국의 시대이다. '뭘 먹고 저런 양귀비 같은 미인을 낳았을까?' 하는 궁금증이 일 정도로 한 점 나무랄 데가 없는 미인들이 거리를 메운다. 남남북녀(南男北女: 남쪽에서는 대장부, 북쪽에서는 미인)란 말도 옛말, 이제는 남쪽에서도 미인, 북쪽에서도 미인이다.

그런데 요사이 미인들은 거의가 똑같다. 두드러지게 깊은 쌍꺼풀에 이글이글한 눈, 오뚝한 콧등, 육감적인 입술, 깎아놓은 듯이 단정한 턱. 모두가 한 어머니(혹은 아버지) 뱃속에서 나온 쌍둥이들 같다. 종아리는 주위에 보는 사람만 없으면 따귀를 한 대 맞더라도 한 번 살며시 만져보고 싶은 생각이 날 정도로 선이 곱다. 옛날 우리가 자랄 때 지천이던 울퉁불퉁 조선무들은 모두 어딜 갔는가.

왜 모두가 비슷할까? 대부분이 현대 의학의 힘으로 만들어진 미인, 다른 말로 표현하면 돈에 의해서 조성된 미인이기 때문이다. 그래서 정완영 시인의 말마따나 이들 미인들은 쌍꺼풀 수술하고 무대에 선 배우처럼 어쩐지 예쁘긴 해도 정(情)이 가질 않는 미인들이다.

어느 미인배우는 1년에 돈을 얼마나 벌고, 어느 미인가수는 몇백평이 넘는 아파트로 이사 갈 예정이고, 어느 미인배우는 임신 3개월이라는 것이 진짜 아버지가 누구라는 말과 더불어 청소년들은 물론 미용실, 사우나탕의 화제가 된다. 그러니 복권에 맞아 떼돈을 번 어느 벼락부자처럼 이들 미인들은 삼천리 방방곡곡 어딜 가나 사람들 입에 오르내리는 '영웅'들이다.

미인의 기준을 얼굴의 아름다움과 그 사람의 마음씨의 아름다움까지 포함하면 좋겠지마는 마음이 추하고 아름다움이 나타나는 것은 때와 장소에 따라 다르다. 그러니 '보기 좋은 떡 먹기도 좋다'는 말을 신봉하는 사내들은 겉으로 나타나는 것이 아름다우면 마음씨도 아름다우려니, 죽으나 사나 얼굴만 보고 쫓아다닌다. 미인의 기준을 보면 문화나 종족의 차이를 막론하고 놀라울 정도로 일치도가 높다는 연구가 많다. 즉, 서울에서 미인으로 보이면 아테네, 나이로비, 방콕, 북경, 뉴욕 등 어디에서도 미인으로 보일 확률이 크다는 말이다.

그런데 한 가지 걱정스런 생각이 든다. 만일 성형 수술로 미인을 만들고 이 미인을 다시 양귀비로 만들 수 있다면 사람의 지능도 현대 의학의 힘으로 IQ 20 정도는 끌어 올릴 수 있지 않을까? 그렇게 되면 오늘날 심리학에서 편의상 쓰는 평균 IQ = 100, 개인차 정도를 말해주는 표준편차 = 15 혹은 16(표준편차 =

0이면 개인차가 없고 모두 다 같음)은 평균 IQ = 120, 표준편차 = 5로 대치될 날이 올지도 모른다. 개인차를 말해주는 표준편차가 0이 아닌 것은 수술비용이 없거나 다른 이유로 부모에게서 물려받은 지능지수를 그대로 가지고 있는 '자연산'들도 있기 때문이다.

이렇게 되는 날이면 조기유학은 자취를 감추고 100배 중요한 지능 성형이 유행할 것이다. 이번에는 단순한 유행이 아니라 목숨을 건 생존 싸움이다. 국내 계층간 싸움은 물론 국제간 경쟁도 치열해질 것이다. 예를 들어 IQ 성형으로 대한민국이 평균 IQ를 120으로 올리면 이웃나라 일본은 130으로, 중국이 140으로 올리면 미국은 150으로… 그야말로 IQ올림픽이 될 것이다. 이러다 보면 이 세상은 매월당 김시습, 추사 김정희, 교산 허균, 아인슈타인, 장영실, 괴테, 레오나르도 다빈치 같은 천재들로만 득시글득시글거릴 것이 아닌가.

지능지수가 높은 사람들만 사는 세상이라고 문제가 없는 것은 아닐게다. 우선 지능지수가 높다고 해서 남과 어울려 조화롭게 사는 능력도 높은 것은 아니지 않는가. 그러니 또 몇 천 년의 세월이 흐르고 나면 각 나라의 수장들은 그들 정부에 성형부(成形部)를 창설하고 다른 사람들과 서로 화목하게 살 수 있는 특성, 즉 사교성의 성형수술을 연구 개발하여 원하는 국민들에게는 무료로 마음씨 성형수술을 제공할 것이다.

2007. 11.

뽕짝

　민중서관에서 펴낸 국어대사전을 보면 뽕짝이란 말은 '트롯풍의 우리 대중가요의 속칭'으로 정의되어 있다. 그러나 그 말은 「목포의 눈물」, 「비 내리는 고모령」, 「굳세어라 금순아」 따위의 트로트 형식의 대중가요를 무시하고 깔보는 말이라고 하는 것이 더 맞을 게다. 이 말 속에는 뽕짝은 저질(低質)스럽고, 왜색(倭色)이 짙고, 학력이 낮은 사람들이나 부르는 노래라는 뜻이 포함되어 있다. 그러나 뽕짝이란 말이 어떻게 생겨난 말인지는 분명치 않다. 이명미 교수의 『한국대중가요사』나 장유정 교수의 대중가요 역사를 기록한 『오빠는 풍각쟁이』에도 뽕짝이란 말이 왜 대중가요를 깔보는 말이 되었는가 그 어원에 대해서는 별 말이 없다.
　'뽕짝'이라 해도 좋고 '유행가', '대중가요', '질(質)이 낮은 노래' '못 배운 사람들이 부르는 노래'… 뭐라 해도 좋다. 나는 뽕짝을 좋아한다. 특히 내가 좋아하는 뽕짝은 해방 전후부터 시작해서 6·25 전쟁 때까지의 노래들이다. 세월은 무정하게 흘러 이제는 내가 좋아하는 류의 옛날 유행가들조차 '가요무대'에서도 사라져

가고 들어보기가 해마다 어려워지는 것 같다.

다른 장르의 노래도 마찬가지지만, 특히 뽕짝을 부를 때는 노래 정서가 그 노래를 부르는 가수에게서 물씬 풍겨야 하는 법이다. 슬픈 노래를 부를 때는 슬픈 표정을, 기쁜 노래를 부를 때는 기쁘고 환한 표정을 청중에게 전달할 수 있어야 한다. 그렇지 못한 가수들에게 보내는 참고의 말씀 몇 마디.

첫째, 지금 부르고 있는 노래 내용이 자기의 몸짓이나 얼굴 표정과 서로 일치하지 않는 가수가 많다. 예로 김영일 작사, 이재호 작곡, 진방남이 노래한 「불효자는 웁니다」 같은 슬프고 애절한 사연의 노래를 부르는데 얼굴 표정은 생글생글 웃음을 띠우는 가수들이 종종 눈에 띈다. 이런 가수들은 연인과 키스를 할 때 눈을 환하게 뜨고 하는 사람들이다. 이들은 내가 청중자격으로 앉아 있을 때는 무대 10미터 근처에는 얼씬도 하지 말 것을 엄숙히 경고한다.

벌써 한 30년은 지났지 싶다. 우연한 기회에 몇 년 전에 세상을 뜬 저 유명한 성악가 파바로티(L. Pavaroti)가 줄리어드 음악대학에서 성악을 지도하는 'Pavaroti at Juilliard'라는 텔레비전 프로그램을 본 적이 있다. 학생이 앞에 나가서 노래를 부르고 나면 파바로티가 그 학생의 음정, 발음, 몸짓 등에 대해서 평(評)을 해주는 그런 프로그램이었다. 어느 남학생이 나와서 노래를 불렀는데 그 학생에 대한 파바로티의 평은 대략 다음과 같았던 것으로 기억한다. "…감정에 가깝지 않으면 좋은 예술가가 될 수 없다. 슬픈 노래를 부를 때는 가수 자신도 왈칵 울음이라도 터질 것 같은 슬픈 감정에 빨리 빠져들 수 있어야 한다. 그런데 네가 방금 부른 노래는 사랑하는 연인과 영원히 작별을 하는 장면이 아니냐. 슬프고 애타는 표정이어야 할 텐데 너는 밝고 명랑한 표정으로 웃으며 노래를 부르고 있으니 말이 안 된다.…"

둘째, 세월이 가며 옛날 그 노래를 처음 불렀던 가수들도 하나둘씩 무대 뒤로 사라지고 그 자리에는 신세대 젊은 가수들이 서서 그들의 아버지나 할아버지가 불렀던 노래에 현대감각을 넣어 부른다. 그런데 어떤 가수는 시대감각에 맞는 재즈 스타일로 부르려고 너무 지나치게 엇박자로 밀고 당기고 하기 때문에 그 노래의 옛 정서는 잘 배어나지 않는다.

셋째, 아무리 재즈가 신나고 포크 송(folk song)이 재미있다 해도 우리 삶의 희로애락 정서를 표현하는 것은 그 정감 넘치는 뽕짝을 통한 경우가 제일 많다는 것을 말해두고 싶다. 왜색(倭色)이 짙어서 트로트는 싫다는 애국지사들이 가끔 눈에 띈다. 왜색이 짙어서 뽕짝이 싫다면 양색(洋色)이 짙은 재즈나 포크 송은 괜찮다는 말인가?

넷째, 요사이 유행하는 노래는 가사가 너무 긴데다가 '네가 그랬잖아', '너 내가 싫어?' 하는 청소년들의 말투, 게다가 '내게 키스해줘… 안아줘' 하는 따위의 애정행각이 너무 노골적이라서 그런 가사의 노래를 들으면 처음 캐나다에 와서 생전 처음으로 햄버거를 한 입 물었을 때처럼 그 맛이 떨떠름하다.

아래 층에 사는 H씨가 새로 나온 '가요무대' 테이프라고 하나 가져와서 건네주고 간다.

2008. 10.

묘지(墓地)를 장만한 이야기

애당초 어떻게 해서 일이 시작되었는지는 나도 잘 생각나지 않으나 몇 달 전 우리 부부는 죽어서 묻힐 묘지를 사는 문서에 서명을 했다. 묘지는 우리가 사는 콘도미니엄에서 걸어서 3, 40분 거리에 있는 Glendale 공동묘지. 하나에 4천불 가까운 돈을 냈으니 부부 합해서 8천불이 든 셈이다. 혼자 가만히 누워만 있을 것을 생각하니 너무 외롭고 쓸쓸하겠다 싶어 콘도미니엄 아래층에 사는 H형과 앞 동네에 사는 C형을 꼬드겨 세 집이 다같이 나란히 6개의 묘지를 사게 되었다. 영락없는 '코리아타운'(Korea town) —.

세 집 부부가 나란히 누워있게 되고 또 내 묘지 동판(銅板)에는 태극 문양까지 넣도록 계약을 했으니 언뜻 보면 대한독립을 위해 싸우다가 객지에서 눈을 감은 상해임시정부 애국지사들의 무덤 같아 보일 것이다. 참외 줄기에 외 달리듯 세 집 자손들이 저희들 에미 애비를 보러 올 때 바로 옆에 말없이 누워있는 옆집 아저씨, 아줌마에게도 어찌 꽃 한 송이 아니면 눈인사 한 번 던지지 않고 돌아설 수 있으랴 하는 계산은 물론.

묘지 계약을 하러 세 집 부부가 현장을 둘러 볼 때도 장례식 분위기 같은 침울함은 찾아 볼 수 없고 수학여행을 떠나는 학생들이 매표소 앞에서 선생님 나타나기를 기다리는 것처럼 킬킬거리며 농담을 주고받았다. 죽어서 자기가 묻힐 묘지를 구하러 다니는 그 마음 밑바닥에 왜 비애와 서글픔이 없었겠는가. 다만 이를 숨기려는 위장이 너무 심하다 보니 농담을 주고받는 역반응 역시 너무 커진 것이다.

누구의 입에선가 기왕 세 집이 나란히 눕게 되었으니 무덤 사이에 조그만 통로를 만들어 서로 왕래하며 사이좋게 지내자는 의견이 나왔다. 나도 좋다고 찬성표를 던졌다. 그런데 가만히 생각해보니 이 불초소생을 홀아비로 남겨두고 사모님께서 먼저 요단강을 건너가게 되고 옆집 사부님들이 자기 사모님보다 먼저 가게 되는 날에는 우리 집 사모님의 안전은 그야말로 바람 앞에 등불이라 용감무쌍하게 다시 '반대'를 던지고 말았다.

정완영 님에 의하면 묘지니 사망이니 하는 말은 일본 사람들이 우리나라에 와서 남겨둔 말이라 한다. 우리 조상들은 무덤은 신후지지(身後之地)라고 하여 '몸 후의 땅', 다시 말해서 이승이 아니라 저승의 땅이라고 했다는 것. 그러니 죽음이란 것도 이승에서 저승으로 옮겨가서 사는 것쯤으로 여유 있게 여겨왔다는 것이다.

죽음을 표현하는 말들은 참으로 많다. 유가(儒家)에서는 '작고'(作故), '서거'(逝去), '귀천'(歸天), 불교에서는 '입적'(入寂), '입멸'(入滅), '귀적'(歸寂), '열반'(涅槃), 우리 말로는 '돌아 가셨다' 같은 말이 있다. 요새 기독교에서 나온 말 '소천'(召天)까지 합하면 표현의 무대는 실로 어지럽게 된다.

옛날 어른들에게는 좋은 묘지를 하나 잡아두는 것은 오늘날 아파트나 콘도미니엄을 하나 마련해 두는 것과 마찬가지. 이처럼 묘지가 중요한 재산 목록이 되다 보니 묘지 때문에 시비가 일어나는 산송(山訟 : 뫼를 쓰는 일로 말미암아 생기는 송사)이 많았다. 예로 청송 심씨와 파평 윤씨가 경기도 파주에 있는 선조 묘지 때문에 두 성씨간 수백 년에 걸친 분쟁은 세상 사람들이 다 알지 않는가.

좌우간 나는 저승에 가면 살 유택(幽宅)이 있는 사람이다. 그 새 집은 봄이 와도 송홧가루는커녕 솔바람, 산새소리 한 번 들리지 않는 허허 벌판이다. 그러나 거기에도 꽃 피고 물 흐르고 구름 일고 눈비 오고—. 먹고 입는 것도 필요 없는 좋은 곳이다. 아, 그러나 이승에 미운 정 고운 정 다 두고 가기는 어디를 간단 말이냐. 어느 시구(詩句)처럼 "…설사 저 장천(長天)에서 동아줄을 내려준 대도/ 이 강산 이 수심(愁心) 버리고 내사 안 갈래/ 풀피리 불자던 봄이 너 더불어 오지 않는가." 건강하게 이 땅에 오래 오래 살다가 새 집으로 이사를 갔으면 좋겠다.

2008. 10.

불로초(不老草)

세계 여러 나라의 건강 상태를 돌보고 있는 WHO 보고에 의하면 세계 3대 장수국(長壽國) 중 하나는 이태리 동북쪽에 혹처럼 붙어 있으며 유럽 여러 나라 중 인구가 가장 적은 것으로 알려진 산 마리노(San Marino)라는 나라라고 한다. 남자는 평균 80살, 여자는 평균 84세의 장수국이다. 그런데 왜 장수를 하는지 그 이유는 밝히지 않았다. 이 땅에 오래 오래 살고 싶은 것은 모든 인간의 염원. 내 생각으로는 그것은 곧 죽음에 대한 두려움의 표현임과 동시에 "내가 죽고 나면 저 세상은 없다"는 현세주의(現世主義)의 발원이라 생각된다.

2008년 12월 30일 〈중앙일보〉에 실린 예영준 님의 글을 보니 옛날 중국 진(秦) 나라 때 서복(徐福)이란 사람은 불로초(不老草)를 구해 오라는 진시황의 명을 받고 3000여 명의 젊은이들을 이끌고 동쪽 바닷길로 떠났다고 한다. 동쪽 바닷길이면 한국과 일본밖에 더 있는가.

우리나라 제주도에도 서복이 서귀포를 다녀갔다는 말이 있다.

서귀포 정방폭포 절벽에 "서시가 이곳을 지나다"(徐市過此)란 글씨가 새겨져 있었는데 사기(史記)를 따르면 서시는 서복의 다른 이름이라는 것. 글씨가 벽에 새겨져 있었다는 것도 어디까지나 하나의 전해오는 이야기일 뿐이다. 기원전 4, 50년 전 일을 누가 알랴. 서귀포(西歸浦)란 이름도 서복이 정방폭포까지 왔다가 서쪽으로 돌아간 데서 유래했다는 것. 제주도 당국은 이곳에 2003년 서복 전시관을 세우고 서복 공원을 세웠다 한다. 이제 "내가 서복의 70대 종손이요"하고 나서는 사람만 나오면 서복 시비가 한번 벌어질 판이다.

한편 일본의 와카야마 현(縣)에는 서복이 '덴다이 우야쿠'라는 약용 식물을 발견하고 거기에 정착해서 살다가 죽어서 묘비가 세워져 있다고 한다. 이렇게 전설에 지나지 않는 '증거'를 토대로 서복을 기념하는 공원까지 조성하는 게 잘하는 것인지 아닌지 얼른 판단이 서질 않는다.

한국에 나가서 살 때 강연차 전라남도 광주 근처 장성(長城)이라는 데를 갔더니 장성군에 홍길동의 생가가 있다고 하여 깜짝 놀란 적이 있다. 시간에 쫓겨 가보진 못하고 장성군 관광 사진을 보니 큰 솟을대문이 있는 골기와 집을 두고 이 집이 바로 홍길동이가 태어난 집인데 어느 고고학 교수가 고증을 했다고 한다. 이 부잣집에서 서자(庶子)로 태어나서 차별대우를 견디지 못한 길동은 무단가출 소년이 되어 도적이 된 것이다.

홍길동은 연산군 4년인가 경상북도 문경 새재[鳥嶺]에서 관군에게 붙잡혀 서울로 압송되어 온 기록이 있는 실존 인물. 그의 생가를 발견, 복원했다는 것은 어느 정도 믿어 볼 근거라도 있다. 그러나 실존 인물이 아닌 허구 속의 인물, 예를 들면 앞 못 보는 자기 아버지의 눈을 뜨게 하려고 인당수 뱃길에 제물이 된 심청의 생가를 발견했다는 것은 나무꾼을 데리고 하늘로 올라 간 선녀가 다시 땅으로 내려와서 두 아들과 함께 장성 시내 어느 아파트에 살고 있다는 말과 마찬가지가 아닌가. 문제는 심청의 생가가 전국에 4곳이나 된다는 사실에 있다. 몇 천년 후면 심청의 아버지가 캐나다 토론토 맹인 후원회의 도움으로 개안(開眼) 수술을 받았다는 허황된 소문까지 나돌지 않을까. 미쓰 심의 생가를 찾았다는 것은 아담과 이브의 무덤을 찾았다는 주장, 어느 산꼭대기에서 노아의 방주(Noah's Ark)를 발견했다는 주장 못지않은 허위요 공상이다.

바다를 건너 온 서복이 드디어 불로초라 불리는 풀을 발견했다 하자. "이 불로초를 먹으면 정말 늙지 않는 실효가 있다"는 주장을 어떻게 규명해야 할까. 내 생각으로는 7, 80년, 아니 수백 년의 세월이 흐르고 나서 불로초를 먹은 사람 100명 중에 80명 정도가 200살 넘어 살면 이게 불로초 때문이 아닐까 하는 긍정적 의심을 해볼 수 있지 싶다.

서복이 불로초를 발견하고 그 종자를 한 컵 가량 구해다 진시황 앞에 내놨다 하자. 진시황은 그걸 받고 기뻐서 서복에게 상금을 내렸을까? 천만에. 진시황 같은 욕심 많고 의심증 많은 사람은 서복을 당장 옥에 가두고 빼돌린 불로초 씨를 어서 내놓으라고 매질을 했을 것이고 더 내놓을 것이 없는 서복은 끝내 형장의 이슬로 사라졌을 것이다. 한편 서복이 불로초를 못 구했다고 보고를 하면 진시황은 서복을 '공금 손실 및 아까운 세월 허송죄'로 처형하고 말았을 것이다. 이래도 죽고 저래도 죽는다는 것을 어항에 금붕어 들여다보듯 훤히 알고 있을 서복이 일본 땅에서 천수(天壽)를 누리다 죽지, 왜 제 발로 고국으로 돌아갈 것인가!

나는 늙지 않는 불로초보다는 단 열흘을 살아도 좋으니 20대로 다시 돌아가게 하는 청춘초(靑春草)를 먹었으면 좋겠다. 나보다 일찍 이 세상을 다녀 간 조선조 어느 무명시인의 탄식을 들어보자.

> 내 나이 풀쳐내어 열다섯만 하였고져
> 하얀 털 검게 해서 아이 모양 만들고져
> 이 벼슬 다 드릴망정 도련님이 되고져

가객 나훈아의 「청춘을 돌려다오」와 다를 게 별로 없는 애원이 아닌가?

2009. 5.

팔조령(八鳥嶺)

지금부터 25년 전 대구대학 초빙강사 시절에는 해마다 4월말 캐나다 학기가 끝나기가 무섭게 대구 가는 보따리를 꾸리기에 바빴다. 우리말로 하는 강의라 언어의 어려움도 없으니 여간 마음이 편한 것이 아니었으니 10년을 되풀이해도 싫증나질 않았다.

한번은 대구대학교 동료 교수들과 대구 가까이 있는 가창(嘉昌)이란 데를 갔다. 별 뚜렷한 목적이 없는 유흥성 방문ㅡ. 그런데 대구에서 가창까지 가는 데는 큰 재[嶺]를 하나 넘어야 한다. 재의 높이가 800미터였던가? 머리가 어지러울 정도의 꼬불꼬불한 산길을 올라가 꼭대기에 이르니 '팔조령(八鳥嶺)'이라고 쓴 간판이 하나 서 있는 게 아닌가. 아, 팔조령! 옛날, 옛날, 그 옛날 대학교 1학년 때였지 싶다. 『이호우 시조집』을 읽다가 「팔조령」이란 시조가 마음에 들어 외워 두었으나 짐짓 팔조령이 어디 있는 고개인지는 몰랐다. 물어봐도 아는 사람이 아무도 없고ㅡ. 우선 시조 「팔조령」을 적어보자.

팔조령 높은 고개 그대 넘어 가신 고개

두견의 울음보다 더 겨운 설움 안고

어제도 그 고개 올라 진달래를 꺾었다.

팔조령이라고 여느 고개와 다를 것은 없다. 그러나 그 고개가 이호우의 시조에 등장하는 고개일 때는 별것 아닌 별것이 되는 것이다. 『삼국지』에 나오는 도원결의의 막내 장비가 조조의 100만 대군에(마이크도 없이?) 호통을 치던 장판교, 『수호지』의 영웅호걸들이 눈을 부릅뜨고 다니던 소설 속의 양산박(梁山泊)이 오늘까지 실제로 남아 있다고 해보자. 그걸 보려는 관광객의 발길이 그치지 않을 것이 아닌가.

그 날 나는 이 팔조령의 '대발견'이 무슨 보물이라도 하나 주운 것처럼 하루종일 의기양양 기분이 들떠 있었다. 돌아오는 길에 임진왜란 때 왜장 가등청정 막하 장교로 있었으나 조선을 흠모해서 귀순, 결혼해서 살다가 죽은 사야가(沙也可) 후손들이 모여 사는 동네 우록동(友鹿洞)과 우록서원을 방문할 때도 마음은 딴 데가 있었던 것 같다. 팔조령의 흥분 때문이었다.

시(詩) 나 소설, 심지어 대중가요에 등장하는 지명은 사람들의 특별한 애착과 관심을 끈다. 예로 대중가요「비 내리는 고모령」에 나오는 고모령이 대구 근처 어디에 있다는 것은 모르는 사람이 별로 없지 싶다. 우리 겨레의 한(恨)과 눈물로 얼룩진 노래, 반야월 작사, 이재호 작곡, 이해연의 애절한 목소리로 나오는「단장의 미아리 고개」는 고층 건물이 빽빽이 들어서서 옛 모습조차 알아보기 힘들게 되었다. 요새는 대중가요도 웬만큼 알려지면 그 노래의 작사자나 작곡가, 아니면 그 노래를 부른 가수의 생가나 노래비는 하루아침에 그 지방 '문화재'로 되어버리는 것 같다.

옛날에는 노래비나 시비(詩碑)는 무척 드물었다. 젊은 시절에 혼자 제주도에 간 적이 있다. 그 때는 오늘처럼 자동차 수십 대를 꿀꺽 할 수 있는 페리(ferry)도 없던 시절, 목포에서 제주도로 가는 통통배를 타야 했다. 목포에서 하루를 기다리는 동안 유달산에 올라갔더니 뜻밖에 산 초입에 이난영의 「목포의 눈물」노래비가 있지 않는가. 무척 반가왔다.

그러나 요새는 노래비가 유행인 듯, 가는 데마다 노래비요 시비(詩碑)다. 이렇게 시비나 노래비가 흔한 것이 좋은지 나쁜지는 깊이 생각해보질 않았으나 언뜻 생각에 해로운 것은 없는 듯하다. 다른 곳을 방문하는 맛이랄까 여행의 풍취를 돋울 뿐 아니라 문화, 예술인에 대한 사회의 대접이 높아지지 싶다.

서예가이자 한문 교수인 중관(中觀) 황재국 형이 그의 은퇴 기념으로 만들어 보낸 『중관한묵집(中觀翰墨集)』을 뒤적이다 보니 그가 쓴 「소양강 처녀」의 노래비 가사가 그의 유려한 필치로 있어서 놀랍고 반가왔다. 언젠가 대전 기차정거장 앞에 대중가요 가수 안정애가 부른 「대전 블루스」의 노랫말이 3절까지 내 키보다 더 큰 높이의 화강석에 새겨져 있었다. 「대전 블루스」에 「소양강 처녀」가 나오니 이젠 가는 곳마다 봄바람이다.

내보일 것이라곤 아무것도 없는 심심산골에 시인(詩人) 한 사람 때문에 10개가 넘는 그 사람을 위한 시비(詩碑)들이 늘어선 무척 감격스러운 광경을 보았다. 충북 단양군 영춘면 의풍리 노루목이라는 데 있는 난고(蘭皐) 김병연, 속칭 김삿갓의 묘를 두고 하는 말이다. 김삿갓이 무슨 연유로 평생을 삿갓 쓰고 방랑길에 올랐는지는 모르는 사람이 없을 것이다. 내가 여기서 말하려는 것은 그 걸출한 시인 한 사람 덕분에 여름이면 개울물 소리, 매미 소리만 요란하던 노루목 외딴 골짜기에 10개가 넘는 시비(詩碑)가 줄지어 서 있다는 것이다.

> 글 읽어 백발이요 칼갈아 사양인데
> 하늘 땅 그지 없는 한 가닥 한은 길어
> 장안의 붉은 술 열 말 기를 써 다 마시고
> 가을바람에 삿갓 쓰고 금강으로 드노라
> **書爲白髮劍斜陽 … 秋風衰笠入金剛**

"인생은 짧고 예술은 길다"는 말을 못 믿겠다는 사람들이여, 노루목 김삿갓 묘소에 가 보라. 땅도 사람을 낳지만 사람도 땅을 낳는다는 것을 알 수 있을 것이다.

2009. 6.

C 사모님

뉴욕에 사는 S형 댁에서 아들 결혼식에 오라는 청첩이 왔다. 황송하게도 청첩장과 더불어 우리 부부의 토론토-뉴욕 왕복비행 기표까지 보냈다. S형네와는 수십 년을 가족처럼 지내 온 사이, 우리가 북미 대륙에 살 때는 물론 한국에 잠시 나가서 살던 동안에도 서로 연락을 끊지 않고 지내던 사이였다. 우리가 앞으로 자기네가 살고 있는 뉴욕에 올 기회가 전보다는 많이 줄어들 것을 짐작했던지 열흘이나 S형 댁에서 머물다 오는 일정으로 잡아 놨다.

입밖으로 내놓지는 않았지마는 이번에 뉴욕에 가면 S형 댁 혼사 말고도 또 한 가지 오래 전부터 실행하리라 마음속으로 별렀던 일 한 가지가 있었다. 그것은 다름아닌 22년 전 뜻밖의 윤화(輪禍)로 돌아가신 C사모님의 묘소를 참배하는 것이다. C사모님이 누구인가를 설명하기 위해서 지금부터 42년 전 세월로 돌아간다.

1967년 3월 26일은 내 결혼식 날이다. 유학생으로 캐나다에 온 나는 밴쿠버 브리티쉬 콜럼비아 대학교 바다 쪽으로 자리잡은 유니언 신학대학 예배당에서 결혼식을 올렸는데 그 결혼식장에서 처음으로 C사모님 내외분을 만났다. 인사를 하고 보니 C사모님은 나와 아내의 대학교 대선배, 남편 K씨는 나와 같은 지방 출신의 의사로 당시 두 분 모두 40을 넘지 못한 30대 청춘이었지 싶다.

그 날 맺은 L-K간의 인연은 날이 가고 해가 갈수록 두터워져 갔다. K의사 부부는 우리를 친동생처럼 대해 주었으며 K씨 댁에서 저녁 먹으러 오라는 날은 우리 부부의 영양보충 날이었다. C사모님이 한국을 다녀오던 길에 내게 선물로 사다 준 목침만한 크기의 최신식 캐논(Canon) 카메라를 머리맡에 두고 자다가 밤중에 일어나 어루만지던 생각이 난다. 당시에는 이름을 날리던 그 카메라도 신식 모델에 밀려 고물이 된 지가 옛날이다. 그러나 사모님이 내게 준 정표(情表)라는 생각이 들어 아직까지 장롱 속에 간직하고 있다.

그 C사모님이 어느 날 아침, 거짓말 같이 자동차 사고로 불귀의 객(客)이 되고 말았다. 어느 토요일 아침, 커피를 마시고 있는데 C사모님이 뉴욕 시내에 가야 할 일이 있다고 자동차로 길을 나섰다가 변을 당해 돌아가셨다는 흉보가 난데없이 날아들었다. 이게 무슨 연극인가 아니면 꿈인가.

부음을 듣고 자동차로 뉴욕으로 가는 길이나 사모님을 땅에 묻고 돌아오는 길은 유난히 먼 길이었던 것으로 기억한다. 장례식후에는 한 번도 C사모님 묘소에 다녀오지를 못했다. 뉴욕에 올

일이 몇 번 있었지마는 바빠서 그랬겠지 사모님 묘소에 다녀 올 생각은 하질 못했다. 춥고 외로운 학생 시절에 우리 부부를 동생들처럼 보살펴 주시던 사모님, 나에게는 친근한 누나요, 아내에게는 선배요 자상한 언니였다.

불행은 무리를 지어 다니는가, 사모님이 가신 후 뉴욕 생활을 청산하고 한국으로 돌아가서 말없이 살던 K 의사도 2년 전에 갑자기 돌아가셨다. 제일 먼저 따님 M이 죽고, 다음에 C사모님, 그 다음에 의사였던 맏아들 J군이 차례로 세상을 떴다. 이제 K의사까지 저 세상으로 가고 말았으니 운명이여 당신은 알겠지. 도대체 K씨네가 하늘에 무슨 잘못을 저질렀기에 이 죄 없는 가정에 이렇게도 잔인할 수 있는지를ㅡ.

물어 물어 C사모님의 묘소가 있는 공동묘지 이름을 알아내어 그 공동묘지 사무실에 가서 사모님의 결혼 전 성(姓) 최(Choi)와 결혼하고 나서 생긴 성 김(金) 두 개를 내놨다. 한참 서류를 뒤지던 직원은 조그만 카드 한 장을 들고 나와서 "2005년에 어머니 C여사와 딸 M의 묘지가 없어졌는데 유골은 화장을 해서 한국으로 가져갔다"는 설명을 했다. 아, 그들이 드디어 고향으로 돌아갔구나.

시간은 비극의 약(藥)이라는 말이 있다. 벌써 20년이 넘는 세월이 흘렀으니 사모님이 돌아가셨을 때의 충격과 슬픔도 흐려져서 이제는 그리움으로만 남아있다. 앞으로 세월이 가면 이 그리움마저도 희미해지겠지.

쓸쓸히 비 뿌리는 잎 지는 빈산…

애닯다 한 잔 술 어이 드리니.

이름일레 옛날 그 노래―.

空山落木雨蕭蕭… 昔年歌曲卽今朝

조선 광해군 때 문인 권필이라는 사람이 문장과 술로 세상을
떠들썩하게 하던 대문호 송강(松江) 정철의 묘소를 참배하며 읊은
시다. 죽음은 남아 있는 사람들에게는 슬픔이요 충격이지만 죽
은 당사자에게는 슬픔도, 기쁨도, 충격도 아무 것도 아닌 것, 그
저 이 세상을 떠난 것뿐이다.

2009. 3. 17.

텔레비전

우리 집 텔레비전에 문제가 생겼다. 2년 전 한국에서 캐나다로 이사를 와서 새로 산 물건인데 뭣 때문에 그런지 화면이 먹통이다. 30일만 더 있으면 미국 대통령 선거. 「언론을 만나다[Meet the Press]」, 「미국과 대면[Face the Nation]」과 같은 흥미진진한 프로그램들이 줄지어 섰는데 텔레비전에 문제가 생겼으니 낭패다.

'문제'가 생긴 것은 이번이 처음은 아니다. 지난 해에도 텔레비전 화면이 깜깜, 아무것도 보이질 않아서 고장이 났다고 사람을 부르자마자 수선을 떨다가 옆집 총각이 와서 텔레비전에 딸린 조정판[controller] 단추 몇 개를 꾹꾹 누르니 화면이 거짓말같이 되살아나는 것이 아닌가. 우리가 텔레비전을 쓸 줄 몰라서 그랬던 것이다.

텔레비전도 나이 먹은 사람은 괄시를 하는구나 탄식만 나왔다. 요사이 텔레비전 조정판은 자동차 운전석보다도 더 요란하다. 조정판을 보라. 어느 제트 여객기 조종사실을 들여다보는 것같이 화려한 것을! 툭 튀어나온 손잡이를 돌리면 뚜둑뚜둑 돌아가는 감각이 느껴지며 방송 프로그램이 바뀌는 단순한 원시적 모델

시절이 그리워질 때도 있다.

문명이 발달하면서 나 같은 원시인(原始人)은 살아가기가 점점 힘이 든다는 생각이 든다. 우리 세대가 축적하고 있는 지혜는 날이 갈수록 점점 고물이 되어가고 있다는 말이다. 옛날에는 나이가 많은 사람은 나이가 적은 이에게 연장자로서 삶의 지혜를 일러줄 수 있는 위치에 있었지만 지금은 그럴 기회가 점점 줄어들고 있다.

태곳적 시절, 아버지와 함께 사냥을 나간 아들을 생각해보라. 아버지가 사슴을 향해 활을 당기는 것을 옆에서 지켜보는 아들 입장에서 보면 지금 그는 살아가는 수단을 전수 받고 있는 것이요 교육을 받고 있는 것이다. 활 쏘는 법을 따로 시간을 내서 배울 필요가 없다. 이렇게 배운 기술은 평생동안 두고두고 써 먹을 수 있는 유용한 생활의 지혜였다. 그러니 노인이 되면 젊은이들에게 당당하게 자기 과거의 경험을 교훈으로 내놓는 이야기꾼의 자리에 설 수 있었다. 그러나 지금은 이런 이야기꾼이 점점 필요 없는 세상이 되어간다.

삶의 지혜란 살아가면서 "이런 문제가 생겼을 때는 이렇게 하는 것이 가장 효과적인 해결 방법이더라" 하는 생활 방식 내지 경험의 체계화이다. 이렇게 보면 우리가 소위 풍습이나 관습 혹은 집단 관습 개념으로서의 전통이라 부르는 것도 오랜 세대를 내려오며 시행착오를 통하여 문제 해결에 별 도움이 안 되던 것들은 도태되고 여러 방법 중에서 가장 효율적인 것으로 판명이 난 경험들을 모아둔 것에 지나지 않는다. 요새 와서는 이 축적된 지혜의 쓰임새가 점점 줄어들고 있다는 생각이 든다.

고장 난 텔레비전을 두고 이 단추 저 단추 손에 닿는 대로 마구 눌러 보았으나 텔레비전은 아무 반응이 없다. 케이블 회사에 전화를 한 아내는 한 시간 넘어 수화기를 들고 조정판을 들여다보며 직원과 이야기를 주고받는다. "몇 번을 두 번 눌러라. 초록색 불빛이 보이느냐?…." 마치 달나라를 향해 쏜 로켓 속에서 우주항공국[NASA] 직원의 지시를 받는 우주비행사와 같다.

오늘은 일요일, 미국 대통령 선거 운동이 한창이다. 70대의 후보 M씨는 아들뻘이 되는 40대의 후보 O씨가 경험이 부족하다고 야단이다. 철 없는 M후보님, O후보의 경험부족을 탓하지 마시오. O후보는 단지 당신과 다른 경험을 가지고 있다고 생각하는 게 마음 편할 것입니다. 당신이 "이러하려니……" 생각하고 있는 세상은 전과는 많이 달라졌습니다. 당신이 젊음을 뽐내던 그 시절의 삶을 보는 눈, 종교, 일과 놀이, 전쟁과 평화, 부와 가난, 행복과 불행, 적과 동지를 보는 눈과 오늘의 그것을 비교해 보면 하늘과 땅 차이로 달라졌지요. 그러니 M씨가 소중하게 생각하고 자랑하는 경험이란 것도 O씨의 눈으로 보면 다락방에 놓여있던 곰팡내 나는 책 꺼낸 것과 별 다름이 없어 보일 때가 많지요. 그러나 우리 인간은 자기 경험의 울타리에서 벗어나지 못하고 자기의 낡은 경험으로 오늘날 세상 문제를 풀어 나갈 수 있으리라는 망상 속에 사는 동물. M후보님, 조용히 O후보에게 자리를 양보할 가능성도 생각해 보셨습니까?

2008. 10.

빙어(氷魚)

능지처참(陵遲處斬)이란 말은 중국에서 유래한 사형집행 방법의 하나로 대역죄(大逆罪)를 범한 죄인의 머리, 양팔, 양다리, 몸뚱이를 6부분으로 토막을 치는 극형이다. 조선시대의 살인 사건에 관한 책을 낸 이수광님에 의하면 능지란 본래 언덕을 오르듯이 고통을 천천히 느끼면서 죽어가게 하는 형(刑)으로써 팔, 다리, 어깨, 가슴을 잘라내고 마지막에 심장을 찌르고 목을 베던 사형 집행 방식이었다. 조선에서는 이를 약간 변형시켜 수레에 팔과 다리, 목을 찢어 죽이는 것으로 능지처참을 대신했다고 한다.

사형을 집행하자면 임금의 윤허(允許: 임금의 허가)가 있어야 되는데 이때 임금은 사형을 선고 받은 죄수들의 형(刑)을 집행하라는 명을 내릴 수도 있고 사형을 보류, 죄를 감해주는 조치를 취할 수도 있다. 어떤 임금, 예로 효종 같은 임금은 형을 집행하라는 윤허를 비교적 많이 내렸으나, 세종, 성종, 정조 등 소위 성군(聖君)으로 불리는 임금들은 사형 집행 대신 죄인을 멀리 유배를 보내거나 재조사를 명하여 억울한 누명을 벗겨주기도 했다 한다.

이들 임금이 사람을 보는 눈이 효종의 그것과 근본적으로 달라서 그랬을 것이다.

능지처참하면 단종의 복위를 꾀하다 죽은 만고의 충신 성삼문을 빼놓을 수 없다. 고제희 님에 따르면 성삼문의 묘는 현재 전국에 3기(基)가 있다. 제1은 김시습이 시신의 일부를 묻은 서울 노량진의 사육신 묘역이고, 제2는 신주를 모신 홍성의 노은단(魯恩壇), 제3은 시신 일부를 묻은 논산의 묘다. 이처럼 묘가 3기나 되는 이유는 성삼문이 능지처참을 당했기 때문에 신체 부분이 따로따로 흩어진데다가 백성들에게 경고(警告)의 의미로 조각이 난 시신을 전국 순회 전시를 했기 때문이라 한다.

사형 집행의 가혹한 정도에 있어서는 능지처참에 못지 않으나 죄수에게 신체적 고통은 전혀 없는 극형으로 부관참시(剖棺斬屍)라는 게 있다. 이것은 무덤을 파고 관(棺)을 꺼내어 시체를 토막내든지, 아니면 뼈를 갈아 바람에 날리는 극형이다. 죽은 사람을 또 한번 죽이는 것이니 사형 언도를 내린 쪽의 한(恨)은 풀렸는지는 몰라도 죽은 죄인이야 두 번 죽이는지 뼈를 바수는지 알 턱이 있겠는가. 부관참시로 죽은 유명인사는 한명회다. 73살에 천수(天壽)를 다하고 충남 천안 근교에 묻힌 한명회는 땅에 묻힐 때만 해도 죄인이 아니었다. 그러나 세월이 흘러 연산군 10년 갑자사화 때 연산군의 어머니 윤씨가 사약을 받은 일에 연루, 죄인이 되어 관을 쪼개고 시신의 목을 베는 부관참시를 당했다.

내 생각으로 가장 무섭고 소름이 끼치는 사형 집행 방법은 참수(斬首)라 불리는 것으로 눈이 멀뚱멀뚱 살아있는 사람의 목을 한 칼에 베어버리는 극형이다. 이 형벌을 사노(私奴)가 주인을, 자식이 부모를 죽이거나 살인 강간을 저지른 비윤리적 흉악범에게 많이 내리던 집행 방법이다. 죄수를 땅에 무릎을 꿇게 하고 죄인의 목을 베는 일을 업으로 삼던 망나니라 불리는 사람이 날뛰며 흥(?)을 내다가 죄수의 목을 내리쳐 버리는 듣기만 해도 몸이 오싹해오는 그런 무서운 형 집행이다. "흉악한 죄를 저지른 그 죄인보다도 더 흉악하고 잔인한 마음이구나!"는 탄식을 금할 수 없다. 어느 책에서 읽었는지 기억은 잘 나지 않으나 사형수의 가족은 망나니가 칼로 목을 칠 때 머리와 몸뚱이가 깨끗하게 떨어져 1초라도 빨리 죽게 해 달라고 망나니에게 뇌물을 준다고 한다. 잘 죽여달라고 바치는 뇌물―. 비극 속의 코미디이다.

경상북도 안동, 안동호 근처에 가면 빙어(氷魚)회라는 '음식'이 있다. 이 음식은 멸치만한 크기의 산 물고기를 통째로 초고추장에 찍어 먹는 것인데 그 맛이 별미라 한다. 어릴 적 친구 C와 고향을 다녀오는 길에 나도 빙어회를 한 번 먹어 봤다. 옆에서 시키는 대로 꽤 큰 사발에 담겨서 헤엄치고 노는 놈(년)을 젓가락으로 집어서 통째로 초고추장에 듬뿍 찍어 입에 넣고 아래, 위 이빨로 한 번에 바숴 버렸는데 먹는 방법이 잔인하다는 생각보다는 그 맛이 먹을만하다는 생각이 앞섰다. 빙어 입장에서 보면 "이 살인마들아 너희들이 능지처참이나 참수보다도 더 간악한 방법으로 나를 죽이는구나!" 고함을 치며 입 속으로 들어갔을 것이다. 아무리 먹기 위해서라지만 "정말 잔인한 방법으로 생명을 죽였구나" 하는 생각이 든 것은 음식점에서 벗어놓은 신을 찾으며 잠시 떠오른 생각이었다. 선과 악은 이렇게 나란히 서 있다가 어떤 때는 선이 먼저, 또 어떤 때는 악이 먼저 앞으로 나온다는 생각도 들었다.

2009. 4.

운명의 심술

2008년 7월 8일자 토론토에서 발간되는 일간 「토론토 스타」에 트러스콧(Truscott)이라는 사람의 운명에 관한 자세한 이야기가 실렸다. 토론토에서 그리 멀지 않은 어느 도시에 살고 있는 트러스콧씨는 그가 14살이던 1959년에 초등학교 학생 12살 난 소녀를 강간, 살인한 죄로 교수형을 언도 받았다. 그러나 당시 14살 밖에 안된 아이를 교수형에 처한다는 것은 비인도적이라는 여론이 들끓자 교수형에서 종신형으로 감형되었다. 첫 재판이 잘못 되었다는 절차상 비판이 있었고 1969년에는 가석방, 감옥에서 나온 트러스콧씨는 결혼을 하고 세 아이를 낳아 키우며 기계 수리공으로 일하다가 몇 년 전에 은퇴를 하였다. 트러스콧씨는 다시 자기의 결백을 주장, 2004년에는 그에 대한 살인혐의가 사법실수[miscarriage of justice]로 판결이 나고 2008년에는 법원으로부터 그에게 70억 원에 가까운 보상을 지급하라는 지시가 내렸다. 49년에 걸친 법과 투쟁이 끝난 것이다.

이와 비슷한 일이 지난 2007년에도 있었다. 캐나다 중부 지방에 사는 밀가아드(Milgaard)라는 청년은 자기 동네에 살던 어느 간호사를 강간, 살인했다는 죄목으로 23년 간 감옥살이를 하다가 DNA 증거까지 성립될 수 있는 진범이 잡혀 밀가아드씨는 무죄로 풀려나고 캐나다 정부는 그에게 100억불의 보상금을 지불하였다.

지금까지의 이야기와 반대되는 경우, 즉 죄가 있으나 용케도 죄가 없는 것으로 빠져 나온 경우도 있다. 미국 풋볼의 영웅 심슨(Simpson)이 그렇다. 심슨 씨는 자기 부인과 그 부인 심부름으로 잠시 들른 청년 한 사람을 모두 칼로 살해한 혐의로 기소되었다. 살인이 일어난 직후 심슨 씨의 행동으로 보나 현장에서 수집한 혈흔, DNA 등 여러 가지 수사 결과로 보나 살인범은 심슨 씨였다는 것을 의심할 여지가 없었다. 그러나 심슨 씨는 그의 막대한 부(富)와 유능한 변호사를 기용한 덕분에 무죄로 풀려났다. 지금은 종일 골프만 치고 다니는 그야말로 인생을 '엔조이(enjoy)'하며 살고 있다고 한다. 얄밉다. 너무나 명백한 진범이 낚시 바늘에 걸렸던 물고기처럼 후닥닥거리다가 빠져나가 버렸다고 생각하기 때문인가, 로스앤젤레스 경찰국은 심슨 씨가 무죄가 된 후 더 이상 진범을 잡으려는 노력을 하지 않았다.

소련이 낳은 문호 톨스토이(Tolstoy)의 단편 「신(神)은 진실을 알고 있다 그러나 기다려야 한다」(God Sees the Truth, But Waits.)가 생각난다. 그 줄거리는 이렇다. 마음씨 착한 상인 아시오노프는 자기가 범하지도 않은 살인 의혹을 쓰고 억울한 감옥살이를 한다.

세월은 흘러 25년이 넘게 감옥살이를 하는 아시오노프는 죽을 날이 가까워 오는 백발 노인, 마음씨 좋고 동료 죄수들 사이에서 인기 있는 모범 죄수가 된다. 그런데 하루는 새로 들어온 어느 죄수와 감옥에 오게 된 연유에 대해서 이야기를 나누던 끝에 그가 바로 자기가 살인했다는 혐의를 받고 있는 그 사람을 죽인 진범이라는 것을 알게 된다. 나중에 그 진범이 찾아와서 무릎을 꿇고 눈물을 흘리며 용서를 빌었다. 그러나 이제 아시오노프는 그를 용서해 줄 기력도 없고, 아내도 죽고 없는 집에 돌아가고 싶은 마음도 아무것도 없었다. 운명이 결국 그를 버린 것이다. 범인은 후일 결국 당국에 자기가 진범임을 자백, 당국은 아시오노프의 무죄를 인정, 석방을 허락했으나 때는 이미 늦었다. 그가 감옥에서 마지막 숨을 거두고 난 뒤였기 때문이다. 무척 슬픈 이야기다.

트러스콧이나 밀가아드, 심슨 같은 사람들의 예를 보면 우리 인생살이에는 반드시 정의(正義)가 불의를 이기거나 선(善)이 악을 물리치는 것은 아닌 것 같다. 사필귀정(事必歸正: 모든 일은 결국 올바른 길로 돌아간다는 말)이란 말이 언제나 맞는 말이 아니라는 것을 깨닫는 것이 곧 세상 살아가는 인생을 깨닫는 시작이 아닐까. 일반적으로 정의나 선(善) 따위는 약자보다는 강자 편에 서 있기를 좋아하고 강자가 정의나 선을 규정할 때가 많은 것이다. 운명은 이렇게 가끔 우리에게 심술을 부린다.

2008. 10.

2
....

청고개를 넘으면

내 조선나이 일흔

공자는 73살을 살았고 맹자는 84(94 혹은 97살로 적힌 책도 있다.),
조조는 65, 제갈 공명은 54살을 살았다. 전설적인 인물 노자는
언제 태어나서 언제 죽었는지 생몰 연대를 모른다. 500년을 살
았다는 설이 있다. 임신 기간이 수십 년이었기 때문에 뱃속에서
나올 때부터 흰 수염과 지팡이를 짚고 나왔다 한다. 자궁에서 어
슬렁 어슬렁 걸어 나오실 때 짚었던 그 지팡이가 오늘까지 보관
되어 있다면 유네스코 세계문화유산 제 1호로 지정되기는 식은
죽 먹기였을 것이다. 그런데 자궁 속에서 지팡이를 어떻게 구입
했는지 들여온 경과가 궁금하다. 좌우간 이 지팡이를 구경하려
고 몰려온 관광객들이 만리장성보다도 더 길게 줄지어 서 있는
것을 상상해보라.

다른 나라 얘기는 그만 두고 우리나라는 어떤가. 처음으로 나
라를 세웠다는 단군 할아버지께서는 언제 나서 언제 돌아가셨는
지 모른다. 태조 이성계는 73살, 세종대왕 53, 한명회 83, 영조
82, 퇴계 69, 이승만은 90을 살았다. 당시 기준으로 보면 세종대

왕을 제외하고는 모두 장수(長壽)로 축복 받은 사람들이다.

　장수는 모든 인간의 염원. "개똥 밭에 굴러도 이승이 낫다"는 속담이 말해주듯이 우리 선인들은 저 세상을 믿지 않았다. 한국사상에 관한 책을 펴낸 철학자 탁석산 교수에 의하면 한국문화는 철저한 현세주의, 인생주의, 허무주의에 기반을 두고 있다고 한다. 그러니 현세가 내세(來世)를 위한 준비단계라든가, 내세가 참된 영원 영생의 세계이고 우리가 살고 있는 세계는 지나가는 정거장에 불과하다는 식의 생각은 존재하지 않는다는 것. 인생은 이 세상이 전부, 내가 죽으면 이 세상은 없다.

　이 세상은 저 세상으로 가는 간이역이 아니기 때문에 이 세상에 살고 있을 때 해보고 싶은 것은 다 해보는 게 좋다. 내게는 한 번밖에 없는 전부이기 때문에 세월 가는 것이 아깝고, 인생은 덧없는 것. 이승은 저승으로 연결되어 있지 않기 때문에 죽으면 그것으로 끝이다. 그래서 먹고, 마시고, 춤추고, 노래 부르는 기질은 세계 어느 민족에게도 뒤지지 않는 현세주의자들이라는 것. 다르게 해석할 수도 있겠으나 아무튼 탁 교수는 이렇게 본다. 유대인들에게 내세가 없는 것과 마찬가지로 우리에게도 저 세상은 없다.

　탁 교수의 이 같은 현세주의는 인생주의, 허무주의와 맞물려 한 번 뿐인 인생, 그리고 이 세상이 전부인데 즐거운 인생을 살다 가자는 쾌락주의를 부른다. 유별나게 맛있는 음식을 찾아다니고, 해외 관광도 가고, 사모님의 밤(가끔 낮) 요구에 싸나이로서 겁 없이 당당하게 대처할 수 있는 양기 돋우는 약을 구해 잡수시

고, 술 마시고, 노래하고, 춤추기를 좋아한다. 요사이 한국 대도
시나 농어촌 어디에나 유행하는 노래방도 도도한 민족정서의 부
름에 대한 호응이 아닐까.

종교학자 오강남 교수의 책『세계의 종교』에 나오는 여러 종교
를 보면 천당이나 극락이 없는 종교는 드물다. 대부분의 종교는
마치 일반 주택에 화장실이나 침실이 있듯이 천당 혹은 극락이
딸려있다. 죽어서 천당에 가자면 이 세상에서 행실을 올바르게
해야지 그렇지 않으면 천당에 못 간다고 한다. 그런데 사람들이
좋아하는 환경이 100이면 100사람 다 다를 텐데 그 많은 환경을
어떻게 다 조달하는지 그 구체적 절차에 대해서는 매우 궁금하
다.

인생이란 하나의 꿈에 지나지 않는다. 이 꿈 같은 인생, 한번
뿐인 인생을 즐겁게 살자. 그러면 즐거운 인생이 정신적인가 감
각적인가? 고대 그리스 에피쿠로스 학파의 쾌락주의에서는 감
각적 쾌락보다는 정신적 가치를 더 귀하게 여겼다. 그러나 한국
은 현세주의를 취하고 있기 때문에 초월적 가치가 높이 평가되지
는 않는다는 게 탁 교수의 주장이다.

나는 내가 무슨 주의자라는 거창한 이름을 앞세울 위인도 못
된다. 나 혼자서 내가 죽고 나면 그만이라고 생각하지 다음 세상
이 기다리고 있다고는 생각하지 않는다. 그저 하루하루를 지루
하지 않게 살아가려고 내 깐에는 정성을 다해 고물고물 살아간
다.

아, 어느덧 내 나이 조선 나이로 70 ! "산 그림자가 문턱을 넘

어섰는데 밀어도 나가질 않고 달빛이 길을 덮었는데 쓸어도 지워지지를 않는(山影入門不推去, 月光鋪道掃不盡) 70이다. 겁 없는 사람들은 "인생은 70부터"라고 외쳐대지만 나에게는 그들이 겁에 질려 내뱉는 탄식으로밖에 들리지 않을 때가 많다. 그렇다. 내가 언제 요단강을 건널지 모르겠으나 10년만 더 살면 80, 거기서 8년만 더 살면 미수(米壽)인 88. 조용히 때를 기다리자, 만약 천당이 있어서 그리로 가게 되면 얼씨구, 못 가더라도 할 수 없는 일이다.

2009. 4.

지팡이

조선 시대에는 무덤 앞에 비석을 세우자면 죽은 사람의 벼슬이 어느 정도 높아야 세울 수 있었다. 죽은 이의 행적과 추모의 글을 돌에 새겨 무덤의 동남쪽에 남쪽을 향해서 세우는 신도비(神道碑)라 불리는 비석은 임금이나 고급관리에 제한되어 있었다. 그러니 봉건사회에서는 벼슬 못한 사람은 저승에 가서도 차별대우를 받은 셈이다.

그러나 요즘 세상에는 돈만 있으면 너나 할 것 없이 누구나 정승 못지 않은 크고 화려한 비석을 세울 수 있다. 좋은 세상ー. 사람 위에 사람 없고 사람 밑에 사람 없는 것은 하늘이 정한 이치. 이승을 하직한 것만 해도 서러운 데 높은 벼슬을 못해 본 사람은 비석조차 세울 수 없도록 제정해 놓은 법은 애당초 크게 잘못된 법이다.

죽은 사람은 그렇다 치고 살아 있는 사람, 특히 나이가 많은 사람들이 그 마을에서 차지하는 사회적 무게를 간접적으로 말해주는 지표의 하나로 지팡이의 높이를 들 수 있다. 높은 지팡이를 짚고 다니는 사람은 그 마을에서 내로라 하는 사람이거나, 사람들로부터 무한한 존경과 정중한 대접을 받는 마을 원로 중의 한 사람일 것이다.

나는 지팡이를 퍽 좋아한다. 왜 좋아하느냐고 물어오면 우리는 외투를 꼭 날씨가 추워서 입는 것은 아닌 것과 마찬가지 이유라고 대답할 수 밖에 없다. 지팡이도 그 디자인이 너무 단순하고 멋대가리가 없이 그냥 매끈하게만 깎아 논 것, 표면이 유리알처럼 반들반들 하거나 무쇠 막대기 같은 인상을 주는 놈은 정(情)이 가질 않는다. 울퉁불퉁 구부러지고, 어딘지 꺼벙해 보이고 촌스러워 보이는 지팡이가 제격이다. 사람도 그렇겠지.

나는 초등학교 시절에 같은 반에서 머리를 맞대고 공부하고 뛰놀던 어릴 적 친구 C가 나에게 선물로 준 청려장(靑藜杖) 2개를 갖고 있다. C는 내 생가 역동 집에서 바로 강 건너 마을 늘매에 살던 동무. 집에서 걸어서 5리나 되는 학교를 가자면 반드시 늘매 마을 옆을 지나가야 되기 때문에 C와 내가 청고개[靑峴]를 넘어서 학교 다니는 신작로 길을 나란히 걸어 간 것이 모두 천 번은 넘었을 것이다. 한국 이화여대에 나가 있을 때 우리는 가끔 만나서 밤이 늦도록 했던 얘기를 하고 또 하고 수십 번을 되풀이 하며 산행도 가고 안동댐으로 수몰지구가 돼버린 늘매 동네 옛터에 가서 들길도 걷고 막걸리도 마셨다. C를 만나는 순간부터 나는 캐나다에 사는 교민으로 한국에 와서 잠시 머물고 있는 성인 이동렬이 아니요 타임머신을 타고 58년 전으로 돌아가서 안동군 예안면 면소재지에 있는 예안국민학교 제 5학년 2반 코흘리개 이동렬이 된다.

그가 하루는 나에게 주려고 마음먹고 지팡이를 전문적으로 만드는 자기 처남에게 부탁하여 만들었다는 지팡이 2개를 가져왔다. 명아주로 만든 지팡이는 보통 청려장(靑藜杖)이라 부른다. 명아주는 일년초 비름과의 풀인데 이 한해살이 풀을 겨울이 3번 지나는 동안 헝겊이나 짚으로 감싸서 추위를 막아주면 대궁이 나뭇가지처럼 단단하게 되어 지팡이를 만들 수 있다고 한다.

그런데 이 청려장은 가볍고 모양이 울퉁불퉁 못생겼으나 그런대로 멋이 있어서 지팡이 중에는 상당히 값지고 귀한 것으로 꼽힌다. 경상북도 안동에 있는 도산서원에 가면 퇴계(退溪) 이황 유물 전시관에 선생이 짚고 다니던 청려장이 모양, 크기는 물론 색깔까지 내가 가진 것과 꼭 같은 게 하나 진열장 안에 놓여있다. 나는 두 사람이 꼭 같은 물건을 가졌었다는 것을 큰 자랑으로 여긴다.

세파(世波)에 시달린 몸 만사에 뜻이 없어/ 홀연히 다 떨치고 청려장에 의지하여/ 지향없이 가노라니/ 풍광은 예와 달라/ 완연히 숙연한데….

『정선 엮음 아라리』에 청려장이 나오는 슬픈 대목이다.

요사이는 젊은이들은 물론 나이가 많은 사람들도 지팡이를 짚고 다니는 사람을 찾아보기 힘들다. 걷기보다는 자동차를 타고 다니는 편리한 세상, 걸어 다닐 일도 줄어들었거니와 지팡이를 자동차에 집어넣었다 꺼냈다 하는 것이 무척 번거로울 것이다. 풍(風)을 맞았거나 기운이 없어서 지팡이 도움이 필요한 노인을 빼고는 지팡이는 그냥 멋으로 들고 다니는 풍경은 이제 눈에 띄지 않는다.

나보다 4살 아래 여동생이 하나 있다. 그가 이 세상에 태어나던 날 나는 집에서 100미터쯤 떨어진 낙동강 언덕에서 아버지 구두를 신고, 아버지 모자를 쓰고, 아버지 지팡이를 끌고 강 언덕을 혼자 유람(?)하고 있었다. 그 때 다급히 나를 찾는 소리가 들려 집으로 돌아갔더니 누군가 나에게 여동생이 생겼다는 말을 해주었다. 이것이 정신분석에서 말하는 소위 내 일생 최초의 기억 [earliest memory]이다. 그때 왜 아버지 지팡이를 끌고 나갔을까? 아마도 아버지같이 보이려는 동일시(同一視) 내지 '어른 같이' 보이고 싶었던 모양이다.

그러나 지금은 그 반대, 아이같이 보일 수만 있다면 뭐라도 포기할 수 있을 것 같다. 그러나 지팡이만은 어렵다. 나는 올해 조선 나이로 일흔 살. 그럭저럭 지팡이가 어울릴 나이도 되지 않았는가.

2009. 2.

청고개를 넘으면

　청고개는 안동군 예안면 면소재지에서 내 고향 옛집이 있는 역동(易東)이라 불리는 외딴 동네로 가는 길목에 있는 나지막한 고개 이름이다. 한쪽이 200미터는 될까? 역동이란 말은 고려 말의 학자 제주(祭酒) 우탁이 "주역(周易)을 동쪽으로 가져 온 학자"라는 뜻에서 사람들이 애칭으로 역동 선생이라 부른 데서 시작된 것이다. 영남대학교 교수로 있다가 작고하신 정순목 교수의 『퇴계평전』을 보면 명종 때 역동 선생을 흠모하던 조선의 거유(巨儒) 퇴계 이황이 역동서원을 짓고 한 달에 한 번씩 역동서원에 와서 선비들을 모아 놓고 심경(心經) 강의를 했다 한다. 요새 말로 하면 퇴계가 건립위원장이 되어 역동서원을 건립할 모금운동을 했다는 말이다. 역동서원이 헐리고 그 자리에 우리 집이 들어섰으니 역동은 우리 집 이름이자 동네 이름이다. 역동에서 낙동강을 따라 30분 정도 걸으면 도산서원에 이른다.

　왜 청고개라는 이름이 붙었는지는 나도 모른다. '청고개'라 했을 때 청(青)은 한자에서, 고개[峴]는 우리말이니 한자와 우리말이 반반, 한자로는 청현(靑峴)이다. 내게는 내 글씨 스승 일중(一中) 김충현 선생이 지어준 도천(陶泉: 안동 도산사람이라는 말)이라는 호 말고도 청현산방주인(靑峴 山房主人)이라는 자호(自號)가 하나 있다. 그러니 청고개, 낙동강, 역동 집, 그리고 늘매 동네 친구 C는 모두 내 '고향의 고향'을 구성하는 핵심요소들이다.

청고개 마루에 서면 오른쪽으로 멀리 청량산(淸凉山)이 훤히 내다 보인다.

청량산 육류봉을 아는 이 나와 백구/ 백구야 헌사하랴 못 믿을 손 도화로다/ 도화야 떠지지 마라 어주자 알까 하노라

하는 퇴계 시조에 나오는 바로 그 산이다. 영조 때 실학자 이 중환이 쓴 풍수지리에 관한 책 『택리지(擇里地)』에 다음과 같은 청 량산에 대한 언급이 있다.

안동 청량산은 태백산맥이 들에 내렸다가 예안 강가에 우뚝하게 맺힌 곳이다.
밖에서 바라다보면 다만 흙 묏부리 두어 송이 뿐이다. 그러나 강을 건너 골 안에 들어가면 사면에 석벽이 둘러있고 모두 만 길이나 높아서 험하고 기이한 것이 형용할 수가 없다.

청고개 마루에 오르면 두세 평 크기의 편편한 풀밭이 있고 저 멀리 왼쪽으로는 조선 명종 때 퇴계(退溪) 이황이 강론하고 시상

(詩想)에 골똘하던 도산서원이 보인다. 서원 밑으로는 강원도 태백 황지(黃池)에서 발원하여 수많은 산모퉁이를 비집고 돌아 돌아 내려온 낙동강 물줄기가 훤히 내려다보이고―. 그 물줄기는 조선 중종 때의 명신 농암(聾巖) 이현보가 애일당이라는 정자를 짓고 늙은 부모를 봉양하며 살던 분천(汾川)이라는 마을 앞에 이르러서는 제법 급한 여울을 이루고 우리 집 역동 앞에 이르러서는 물살이 다시 조용해졌다가 퇴계의 수제자 월천(月川) 조목이 살던 동네 다래[月川] 앞에 이르러서는 다시 여울을 이루며 흘러간다.

이 세상에 자기 고향이 아름답지 않다는 사람이 있으랴마는 역동, 청고개 주변의 풍광은 정말 아름답다. 이중환의 『택리지』에도 도산, 역동의 풍광을 칭찬하였다.

도산 하류에 있는 분천(汾川)은 곧 농암 이현보가 살던 터이고 물남쪽은 곧 제주 우탁이 살던 터로서 모두 그윽하고 훌륭한 경치가 있다. 하회(河回) 위와 아래에는 또 삼귀정, 수동, 가일 등의 마을이 있다. 모두 강을 임하여 이름난 마을이다.

역동 집은 청고개를 넘어 늘매 들판을 지나 낙동강을 건너면 바로 강가, 100년이 훨씬 넘는 소나무 군락 속에 있다. 역동에서 5리 떨어진 면소재지에 있는 예안초등학교를 다닐 때는 늘매에 사는 같은 반 아이 C와 함께 청고개를 넘어 다녔다. 봄이면 진달래(우리 고향에서는 참꽃이라 불렀다)를 꺾고, 여름에는 학교를 가다가 신고 있던 고무신을 신작로 벽에 높이 쏘아 올리는 것이 우리 산

골 아이들의 오락이었다. 그러나 나는 운동신경이 둔해서 한 번
도 기록을 내지는 못했던 것으로 기억한다.

자연도 인간세상처럼 덧없는 부침(浮沈)과 흥망성쇠를 거듭하
는가, 봄이면 솔바람 불어오던 그 고개에 운명의 날이 왔다. 수
몰지구가 되어 역동은 빈집이 되고, C가 살던 늘매 마을도 물속
에 잠겼으니 청고개는 주인을 잃어버렸다. 예안읍에서 오다가
고갯마루에 올라 멀리 청량산을 바라보며 땀을 닦던 그 쉼터는
아스팔트로 포장된 자동차 길이 되었다. 하루는 낡은 서류뭉치
를 정리하다가 메모지에 다음과 같은 구절을 그적거려둔 것이 눈
에 띄었다.

> 꽃 피던 산마루로 자동차 길 나고
> 흐르던 앞 강물은 호수 되었네
> 그리워라 그리워라 내 고향이여
> 주인 없는 산 속에 뻐꾹새 운다.

이런 것을 두고 행운이라 부르는가. 마침 한국 문화방송에서
MBC 관현악단 단장을 지낸 홍원표 형을 만나 그에게 졸라 이 가
사에 곡조를 붙여 〈청고개〉라는 하나의 예술가곡이 탄생하게 되
었다. 남이야 어떻게 생각하든 나에게는 뜻 깊은 일이다.

나는 지금도 한국에 가면 C와 함께 청고개를 간다. 이제는 오
가는 사람 없는 이 고개에서 몽유병 환자처럼 여기저기를 두리번
거린다. 둘 다 60년 전의 흐르지 않고 있는 그 세월의 흔적을 더

듣고 있는 것이다. 청고개ㅡ. 그 고개를 넘으면 내 유년시절의
꿈이 한 장의 빛바랜 사진이 되어 나에게로 어슴푸레 다가오는
것이다.

2009. 6.

족자(簇子)

 S부인에게서 전화가 왔다. 전해 줄 물건이 있어서 우리 집에 잠깐 들르겠다는 것이다. S부인은 한국에 있는 나의 오랜 선배 S형의 따님. 자녀들 어학연수 때문에 남편 되는 사람은 서울에 있고 자기만 아이들을 데리고 토론토에 3년째 와 있는 소위 '기러기 엄마'다. S형은 내가 붓글씨를 배우러 파고다 공원 맞은편 관철동 골목에 있던 동방연서회를 드나들 때 동방연서회에서 일어나는 모든 행정 사무 일체를 맡아 보던 어른이다. 내가 붓글씨에 한창 열을 올릴 때는 한 달에도 몇 번이나 학교 공부는 저만치 밀어두고 연서회 선생님들 몰래 동방연서회 다다미방에서 자리를 펴고 잠을 자며 글씨를 썼다. 그 당시 S형은 미혼, 집에 들어가 봐야 기다리는 사람도 없으니 연서회 다다미방에서 잘 때가 많았다. S형이 싫어하든 말든 히죽히죽 웃으면서 옆에 또 하나 요를 깔고 드러눕는 내가 얼마나 귀찮았을까.

 S여사는 콘도미니엄 거실에 들어서자 지난 번 서울에서 남편이 캐나다를 다니러 올 때 친정아버지 되는 S형이 "도천 글씨니

주인에게 갖다주라'고 해서 가지고 왔다면서 족자 2개를 내 놓았다. 펴 보니 해서(楷書)로 쓴 14자 '瑞氣迴浮靑玉案, 淸名合在紫微天'(상서로운 기운은 대나무 문갑 위로 떠오르고, 청결한 명절은 궁궐에도 알려졌네)의 대련(對聯). 낙관에는 '陶泉 李東烈'(도천 이동렬)이라고 낙관 글씨치고는 무척 크고 헤벌어진 싱거운 글씨로 쓴 것을 보니 틀림없이 내 젊은 시절의 글씨다. 콧등이 시큰해 올 정도로 반가웠다. 낙관(落款)에 언제 썼다는 날짜에 대한 기록이 없으니 정확하게는 알 수 없지만 내가 동방연서회에 드나들기 시작한 연도로 미루어보아 적어도 45년은 되었지 싶다. 그 긴긴 세월 동안 족자를 버리지 않고 보관하고 있다가 주인에게 잊지 않고 보내준 S 형의 정성이 말할 수 없이 고마웠다. 그러나 그것은 어디까지나 나중에 떠오른 생각. 우선 족자를 펴는 순간은 40년이 넘는 나의 옛 글씨를 다시 만나는 감격과 반가움뿐이었다.

시간이 지나 흥분이 가라앉고 차차 제 정신으로 돌아오니 관수동 동방연서회에서 일중 여초 선생 밑에서 붓글씨를 배우던 시절이 새록새록 되살아났다. 세상물정 모르고 학교 아니면 서실이나 왔다갔다 하며 매일을 보내던 철없고 부담 없던 시절―. 그때 붓글씨를 배우던 서우(書友)들은 벌써 옛날에 서예계에서 모두 내로라하는 중진들이 되었다.

내가 동방연서회를 잊지 못하는 또 하나의 이유는 미석(美石) 정옥자 노파를 사모님으로 모시게 된 계기가 되었기 때문이다. 하루는 같은 반 친구녀석 하나가 올 신입생 중에 붓글씨를 쓰는 여학생이 하나 있다고 일러주기에 호기심으로 찾아갔다. 아직도

엄마 젖을 물고 잠이 들 어리디 어린 젖비린내 나는 소녀 하나가
자기는 일중 김충현 선생의 동방연서회 회원이라고 소개를 하는
게 아닌가. 그 날로 나도 회원이 되어 동방연서회와 인연을 맺음
은 물론 그 젖비린내와 결혼해서 42년째 같이 살고 있다. 서러워라,
어느덧 그 소녀도 70이 내일 모레다. 그러니 동방연서회는 우리 부
부에게는 단순히 글씨를 배우는 곳 이상의 의미가 있는 단체다.

서예 월간지 〈묵가(墨家)〉에 강행원이라는 화백이 쓴 조선 후
기 문인화에 대한 글을 보니 조선 정조 때 이름을 날리던 화가요
서예가인 표암(豹菴) 강세황은 그의 이름이 알려지자 사람들은 그
가 13~14살 어릴 때의 작품을 앞다투어 얻어다가 병풍을 만들었
다고 한다. 표암이야 조선 서화사(書畵史)에 남는 천재 화가니 그
렇게 하는 것이 너무나 당연한 일. 그러나 이 세상에 도천 이동
렬 글씨를 탐낼 사람이 이동렬 말고 또 누가 있겠는가.

S형이 서울에서 보내 준 그야말로 시공(時空)을 넘어 온 이 글
씨를 걸어 둘 마땅한 자리가 얼른 눈에 띄지 않았다. 말이 집이
지 어느 재벌의 화장실 크기밖에 안 되는 공간, 내가 30년 넘게
벽에 걸어 놓았던 애지중지 '보물'을 떼어내지 않고는 걸어둘 공
간이 없다. 그래서 궁리 끝에 족자를 걸기에는 좋은 자리가 못
된다고 생각되는 침실 들어가는 벽에 걸어두었다. 모든 일에는
득(得)이 있으면 실(失)이 있는 법. 족자가 걸릴 자리건 아니건 침
실을 드나들면서 45년 세월을 왕래하는 기쁨도 만만치 않은 것
이다. 물론 그 기쁨 뒤에 아련한 슬픔이 배어들 때도 있지만—.

2009. 3.

누나 생각

나는 만 12살, 그러니까 한국 나이로 13살이 되던 해에 중학교를 가기 위해서 면소재지 예안(禮安)이란 데서 50리 떨어진 군소재지 안동(安東)으로 갔다. 비극의 6·25 전쟁은 끝이 날 기미를 보이지 않고, 신문과 방송에서는 날이 갈수록 아나운서들의 '북진통일' '반공' '멸공'을 외치는 소리가 커가고 온 나라가 먹을 것, 입을 것이 없어 허둥댈 때였다. 이런 시국에는 잠시나마 집을 떠나 생활할 수 있는 것만으로도 큰 축복이라고들 하던 시절.

안동에서는 자취(自炊 : 자기가 손수 밥을 지어 먹음)를 하였다. 그러나 말이 자취지 그 때 안동에서 여고를 다니던 셋째 누나가 밥짓는 일이며 청소, 빨래 등을 도맡아서 해줬기 때문에 나는 누나에게 하숙을 하고 있는 것과 마찬가지였다. 3년 동안 밥 한 번 내 손으로 지어본 적이 없는 딜럭스(deluxe) 자취생활—.

매주 토요일(그 시절 우리는 토요일을 반공일이라고 불렀다.) 오후에는 반찬, 쌀, 돈 등 생활필수품을 보급 받으러 50리 떨어진 예안 집에 다녀오는 것이 큰 업무의 하나였다. 요새는 시내버스로도 예안까지 갈 수 있지만 그 시절에는 정규 버스 타기가 여간 어렵지 않던 시절―. 그래서 가장 자주 쓴 방법의 하나는 시내를 막 벗어나 예안으로 가는 신작로(新作路) 길목에 있는 파출소 근처에서 서성거리다가 산판 목재를 실으러 가는 화물차(貨物車), 요새 말로 트럭이 지나가면 특수훈련을 받은 게릴라처럼 몸을 날려 달리는 트럭에 기어올라 무임승차로 예안까지 가는 것이었다. 어떤 때는 트럭 위에서 조수가 못 타게 하려고 트럭에 오르려는 우리 머리를 때리곤 했다. 그러나 우리는 트럭에 오르기 위해서는 이미 죽음을 각오한 소년 결사대―. 게다가 내 머리는 망치로 두들겨도 끄떡없을 돌대가리가 아닌가.

지금 생각하면 위험천만한 짓이었다. 시속 20킬로로 달리는 트럭에 매달려 있는데 만일 잡은 손이라도 놓치는 날이면 우리는 그대로 길 위에 떼굴떼굴 나둥그러지는 것. 지금 생각하면 즐거운 회상이지만 그 때는 참 괴로운 일이었다.

안동에서 자취는 3년 동안 거처를 3번 옮겼다. 처음 집은 동장(洞長) 댁이었는데 주인 내외의 인품이 무척 넉넉했던 것으로 기억한다. 우리를 보고 '학생' '학생' 하며 별식을 장만할 때면 가끔 우리 방에도 한 접시 들이밀곤 했다. 초등학교 5학년에 다니던 금선이라는 딸아이가 하나 있었고 그 밑으로는 코흘리개 남동생이 둘이 있었다. 내가 대학교를 졸업하고 난 뒤였지 싶다. 어느 날 안동에 갔다가 불현듯 자취시절 생각이 나서 동장 댁을 찾아갔다. 주인어른 내외는 집에 없고 금선이 혼자서 집을 지키고 있었는데 이제는 어제의 귀여운 소녀 금선이가 내일 시집가도 될

의젓한 처녀 금선씨였다. 내 소개를 하고 옛날에 내가 놀리고 장난 치던 일 생각나느냐고 물었더니 "생각 안 난다"는 말만 되풀이 하는 게 아닌가. 불과 10년 전에 있었던 일도 기억 못하는 바보! 그러나 모르쇠 태도를 취한 것이 불쑥 찾아온 불청객을 한시라도 빨리 쫓아 버리려는 금선이의 계략이라면 금선이는 바보가 아니라 꾀보였다.

두 번째는 동네에서 '꽃밭집'으로 불리던 큰 집이었다. 마당이고 처마 밑이고 어디든지 꽃과 화분이 널려있는 집이어서 그 집 주인 할아버지는 아침저녁 화분에 물 주는 것이 큰 일과였다. 그 집에는 우리 말고 2, 3년 선배 남학생 둘이서 자취를 하고 있었다. 그 상급생들은 내가 생전 들어본 적이 없는 노래를 슬픈 곡조로 불렀는데 귀동냥으로 배운 것이 오늘날 나의 애창곡이 되었다.

고향이라 돌아오니 쓸쓸한 마음
너와 놀던 시냇가 버드나무도
고개를 살랑살랑 못 본 체하네

고향이라 돌아오니 쓸쓸한 마음
오빠라고 부르던 기와 집 순혜
강 건너 멀리 멀리 시집 갔다네

우리가 마지막으로 있던 집은 어느 고등학교 선생 L씨 댁이었다. 이 집에서 우리는 잊을 수 없는 설움을 받았다. 부슬부슬 비가 내리고 음산한 바람이 몰아치는 어느 가을날 학교에서 돌아와 보니 우리 살림살이가 몽땅 마당에 나와있지 않는가! 우리가 방세를 안 내었다는 죄목으로 주인 L선생이 개인적으로 내리신 '강제철거령'이었다. 그 때 우리의 설움과 통분은 고종의 밀사로 저 만리 길 헤이그(Hague)까지 가서 만국평화회의장에 입장도 못하고 울분을 삭이던 이준 열사의 심정과 같았다. 우리가 방세를 미룬 이유는 간단하다. 집에서 받아 온 방세를 다른 데 써야 할 곳이 너무 많았기 때문이다. 그러나 이 이유가 방세로 전환될 수는 없는 것.

내가 왜 오늘 안동 이야기를 늘어놓는가. 〈계간 수필〉 2008년 겨울 호에 H교수가 쓴 「기적 소리」라는 글에 13살 어린 나이로 집을 떠나 객지에서 겪은 기숙사 생활의 외로움을 읽으니 내 56년 전 일이 주마등처럼 스쳐지나가서 몇 자 적어 본 것이다.

처음으로 방을 얻어 자취를 시작했던 동장 부부, 아침 저녁 화분에 물 주기에 바쁘던 「꽃밭집」 할아버지, 방세 안 냈다고 살림살이를 마당에 꺼내놨던 L선생 부부, —이제는 모두 저 세상 사람이 되었지 싶다. 그때 나와 함께 자취 생활을 하며 자기 공부하랴, 동생 밥해주랴 나를 돌보기에 바빴던 셋째 누나도 어느덧 호호백발. 그래도 한문(漢文)을 가르친다며 우스갯소리로 이래봬도 자기가 한문교수님이란다. 무슨 일이 그리 바쁜지 아침부터 여기저기 쏘다니는 데는 젊은이 못지않다.

안동의 추억은 곧 누나 생각이다.

2008. 12.

청노루

    대학교 동기동창 C군이 『청록집(靑鹿集)』 한 권을 국제우편으로 보내왔다. 너무 뜻밖이어서 놀라기도 했으나 무척 기쁘고 고마웠다. 『청록집』은 1946년 박목월, 조지훈, 박두진 세 시인이 내놓은 합동시집이다. 책장을 넘기다 보니 박목월의 「청노루」가 눈에 띄었다. 반가웠다. 『청록집』이라는 시집 이름도 바로 이 시 「청노루」에서 따온 것이 아닌가!

    머언 산 청운사
    낡은 기와집
    산은 자하산
    봄눈 녹으면
    느릅나무
    속잎 피어가는 열두 굽이를
    청노루
    맑은 눈에

도는
구름

　가물가물 옛날, 정확한 기억인지도 분명치 않으나 「청노루」는
중학교 입학해서 처음 배운 시였던 것 같다. 우리 세대는 중학교에
들어가기 전에는 시를 공식적으로 배울 기회란 거의 없었다. "아버
지는 나귀 타고 장에 가시고/ 할머니는 건너 마을 아저씨 댁에…"
같은 동시(童詩)를 빼고는 어른들이 읽는 시를 배운 기억은 없다.
　「청노루」를 가르치던 국어 선생님은 당시 평양에서 월남한 소
설가 S선생. 큰 체구에다가 목소리도 쩌렁쩌렁 온 교실을 울리는
S선생은 학생들에게 단어를 하나 넣어 짧은 글을 지어보라고 해
서 얼른 대답이 나오지 않거나 대답으로 내놓은 문장이 좋지 않
으면 금방 불호령이 떨어졌다. 나는 S선생님을 좋아했으나 무섭
기도 하여 그 호령을 피하려고 국어공부도 열심히 했다.
　『청록집』은 해방이 되고 나서 일어난 이념적 혼란 속에서도 생
명 감각과 순수 서정, 자연과 친화를 추구하는 전통 서정시의 금
자탑으로 꼽힌다. 「청록파 시의 대비연구」로 박사학위를 받은
김기중 교수에 의하면 목월은 향토성이 짙은 토속어를 쓰면서 서
정적 자아의 애틋하고 섬세한 내면의 묘사를, 지훈은 전통문화
를 소재로 삼아 민족정서와 불교적 정서가 물씬한 시를, 두진은
기독교적 세계관에 기반을 둔 산문체로 자연과 인간의 조화를 추
구하였다 한다. 이 셋 모두가 『채근담』 자연편에서 찾아 볼 수
있는 '자연 속의 나'를 부르짖었다.

「청노루」를 처음 배우던 중학 시절로 돌아가자. 비극의 6·25 전쟁이 막바지로 치닫던 1953년. 그 두려움과 혼란, 빈곤 속에서 온 나라가 살아남기 위해 허둥대던 전쟁 중에 나는 「청노루」를 만난 것이다. 특별히 감명 깊은 시(詩)도 그렇다고 재미없는 시도 아니었다. 당시 내 기억력은 그야말로 풀(full: 최대용량) 가동이 되던 이제 막 피어나기 시작한 청춘―, 한두 번 읽고 술술 외울 수 있는 이 간결한 운율의 「청노루」는 머릿속에서 금방 자리잡는 좋은 '근대시 입문' 교재였다.

부를 노래라고는 "무찌르자 오랑캐 몇 백만이냐/ 대한 남아 가는데 초개로구나…" 따위의 용감무쌍한 군가(軍歌)밖에는 별로 없던 전쟁시국에 「청노루」 같은 서정시는 분명 시국에 맞지 않는 엇박자였을 것이다. 그러나 시(詩)란 환자의 몸을 건강하게 해서 병균 세력의 확장을 막아주는 한방(漢方)의학 같은 것. 그 때 전쟁의 포연(砲煙)으로 날로 황폐해가는 세상 비바람에서 우리의 순정을 지켜주고 가슴을 따뜻하게 해준 「청노루」 같은 서정시의 공헌을 부인할 수 없다는 생각이 든다.

요사이 쏟아져 나오는 현대시들은 「청노루」와는 거리가 멀다. 이들은 그림으로 말하면 나에게는 한 폭의 추상화. 이해도 잘 가지 않을 뿐 아니라 그것을 외우기란 더더욱 어렵다. 그래서 적어도 우리 세대에서는 현대시는 독자를 잃어가고 있다고 생각한다. 그러나 한 편 인생은 그 자체가 하나의 추상화. 삶을 보는 시각도 제각기 다르니 다음 세대 젊은이들은 우리네와는 또 다른 관점에서 「청노루」를 감상하면 그 뿐이라는 생각도 든다. 2008. 10.

보물

어느 집이나 가보(家寶)라 하여 그 집안에서 대대로 귀하고 소중한 것으로 여기는 물건이 한두 가지는 있을 것이다. 내가 삶의 기반을 북미 대륙에 자리 잡은 후 생긴 가보(家寶)라 할까 무척 소중하게 여기는 물건 두 가지만 소개 하라면 우리 거실 벽에 걸려 있는 여초(如初) 김응현 선생의 글씨와 내 서실에 걸려있는 일중(一中) 김충현 선생의 글씨를 꼽을 것이다.

여초 선생의 글씨는 조화종신수(造化鐘神秀 : 자연의 조화가 신비롭고 뛰어남을 다 모아놨다.)라는 당나라 시인 두보(杜甫)의 시 「망악(望嶽」 여덟 연(聯) 가운데 세 번째 연을 예서로 쓴 현판. 낙관에는 여초 선생이 경진년 여름 내 아내 미석에게 써준 것으로 설악산 구룡동에서 썼다는 말이 적혀있다. (庚辰孟夏下澣爲美石女史 清正於雪嶽山九龍洞頑翁)

이 글씨는 여초 선생이 설악산 구룡동에 기거하실 때 자기가 앞으로 서예 작품을 할 수 있는 날이 몇년 더 남지 않았다고 말씀하시면서 제자들에게 글씨를 한 폭씩 갖게 하고 싶다며 써 주신 것이다. 이래봐도 자기는 고등학교 때부터 여초 선생의 지도를 받은 사람, 게다가 여초 선생이 무척 아끼던 제자였다는 것을 힘주어 말할 때는 그 프라이드가 보통이 아니다. 물론 무척 아끼던 제자란 말 중 '무척'이니 '아끼던' 이니 하는 말을 자기가 스스로 넣은 말이지 싶다. "왕희지한테 붓글씨를 배웠으면 뭘 해, 자기가 잘 써야지." 나의 비꼬인 반응이다.

일중 선생이 쓴 글씨는 내 서실 이름 도천서주(陶泉書廚) 4자를 쓴 예서 현판이다. 1970년대 어느 해에 한국에 잠깐 나갔던 길에 일중 선생께 인사드리러 갔다가 내 서실 이름을 한 폭 써 달라고 졸라서 얻은 것이다. 그러니 나야말로 일중 선생이 '무척 아끼던' 제자가 아니라 '무척 귀찮게 굴던' 제자였다. 이 서실에서 학문적으로 무슨 대단한 업적이 이루어진 것은 없지마는 일중 예서로, 그 이름도 그냥 서실이라 하지 않고 서주(書廚 : 책의 부엌이니 서실이라는 말)라고 잔뜩 멋을 부렸으니 겉모양새로는 어느 유명 서실에 견주어도 결코 뒤지지 않는다. 빈 깡통이 더 요란하다는 말은 바로 이걸 두고 하는 말―.

아내는 여초를, 나는 일중을 더 좋아한다. 내 생각으로는 여초는 재주가 번뜩이고 글씨가 강직하나 일중은 장하고 원만 중후하다. 여초가 단감이라면 일중은 물러터지기 직전의 홍시라 할까. 성격 면에서도 예술가로서의 괴팍한 점은 두 사람 모두에게서 찾아 볼 수 있지마는 그 괴팍성을 빼고 나면 일중은 그의 글씨처럼 둥글고 여초는 개성적이고 꼭 집어 말하기는 어렵지마는 '예술가적 기질'이 많은 어른이다. 물론 이것은 어디까지나 내가 젊은 시절 더벅머리 수련생 입장에서 본 인상이다.

일중, 여초 선생은 내 일생에 중요한 취미 기반을 닦아 주었다. 나는 이 두 어른의 가르침으로 서예에 재미를 붙여 지금까지도 그 재미를 그야말로 만끽하고 있다. 선생님 밑에서 글씨를 쓰던 시절이 즐거웠을 뿐 아니라 동방연서회를 떠난 뒤에도 가끔 글씨를 쓰다 보니 이제는 내 은퇴 후의 중요한 여가 선용의 수단이 되었다. 그런데 불행한 것은 나는 큰 서예가가 되는데 필수적인 예술적 재능이 없다는 사실이다.

젊은 시절에 관철동 동방연서회에서 함께 글씨를 배우던 서예가 H씨가 그의 서집(書集) 한 권을 보내왔다. 그는 내가 바다 밖으로 떠도는 동안 글씨 공부를 계속했다. 순간 '나도 일찍이 한국에 돌아가서 교편을 잡았더라면……' 하는 생각이 스쳐갔다. 그러나 서예에 대한 재주가 없다는 것을 생각하니 그것도 이룰 수 없는 꿈이라는 결론을 내렸다. 예술에는 천재가 아니면 바보만 존재하지 그 중간에는 아무것도 없다는 게 나의 오랜 편견이기 때문이다.

일중, 여초 선생의 글씨는 나의 보물이다. 그러나 그들이 내게 심어 놓고 간 '인생의 재미'는 더 큰 보물이지 싶다.

2009. 1.

병주지정(并州之情)

병주 땅 객사에서 십 년 세월 보내며
돌아가고 싶은 마음, 밤낮으로 함양 생각
울컥 치미는 그리움에 다시금 상건수를 건너
병주를 바라보니 이 또한 고향일세
客舍并州已十霜 … 却望并州是故鄉

십 년 세월, 밤낮 고향 땅 함양을 생각하며 언젠가 돌아갈 꿈을 키워 왔는데 울컥하는 마음에 상건수를 건너고 보니 이제 도리어 병주가 고향처럼 여겨진다는 말이다.

위에 적은 칠언절구는 중국 당나라 때 시인 가도(賈島)라는 사람이 쓴 것이다. 가도는 본래 함양(咸陽)이란 곳에 살았는데 병주(并州)라는 곳에 오래 살면서 자기 고향을 늘 그리워했다. 그래서 울컥 치솟는 그리움을 견디지 못하여 상건수를 건너 함양에 와 보니 이제는 도리어 10년 세월 살던 병주가 그리워지더라는 것이다. '병주지정(并州之情)이라는 말이 여기서 나왔다.

정말 그렇다. 나는 1966년 9월부터 캐나다 땅을 디디고 살았다. 그 동안 스무 번 넘게 한국에 다녀 올 일이 있었으나 막상 한국에 가서 얼마의 흥분이 가시면 슬며시 이 무심한 캐나다가 그리워진다. 여기 오면 거기가 그립고, 거기 가면 여기가 그리운 영원한 나그네—.

어디 캐나다만 그런가. 한국에서도 서울에 살며 자기가 자라던 고향의 단조로운 생활을 그리워하며 언제고 거기 가기를 원한다. 그러나 막상 한여름 매미와 가을 풀벌레 소리가 그립던 그 고향엘 가면 일주일이 채 못되어 서울의 번화한 풍경이 그리워지지 않는가. 그래서 충청도 옥천에서 태어난 시인 정지용은 "고향에 돌아와도 그리던 고향은 아니러뇨"라고 탄식하였다. 김능인이 노랫말을 쓰고 손목인이 곡을 달고, 저 유명한 불세출(不世出)의 가수 고복수가 만주 어느 극장에서 불러 공연장을 온통 울음바다로 만들었다는 대중가요 「타향살이」에서는 "고향이란 따로 있나/ 정들면 고향이지/ 와도 그만 가도 그만/ 언제나 고향" 이다.

천리만리 구름 밖으로 떠도는 나 같은 사람들에게는 이제 고향은 가슴속에 그리움으로만 남아 있는 가물거리는 등불, 오직 상상으로만 존재하는 실상에 불과하다.

이번 한 달 반 동안 한국에 가 있을 때는 추풍령 넘어 김천에 가서 백수(白水) 정완영 시조시인을 만나 뵈었다. 백수 선생은 올해 아흔두 살로 접어드는 노(老) 시인. 그래도 그는 직지사를 품고 있는 황악산을 잊지 못하여 서울에서 한 달에 한 번 와서는

2주가 넘게 그의 시실(詩室)에 머무른다. 황악에서 불어오는 솔바람 소리는 그에게는 그의 심장의 고동소리요, 영혼이요, 핏줄이다.

한 달에 10번 넘게 한국과 캐나다를 오갈 수 있는 편리한 세상에 살지만 인천 공항에 발을 디디면 벌써 캐나다가 그리워지고, 캐나다로 돌아오는 비행기가 활주로에 내려 앉는 순간부터 벌써 한국이 그리워진다. 그렇다면 나는 지금 한국에 왔다 가는 것일까, 아니면 갔다 오는 것일까?

고등학교 국어 교과서에도 나오지 않는 그 주변적 이야기가 일흔 살이 내일 모레인 내 인생의 엄연한 현실이 될 줄 누가 알았으랴.

2008. 2.

점심 초대

몇 주 전 어느 주말 아침이었다. K라는 본 적도 들은 적도 없는 사람에게서 전화가 왔다. 수화기를 드니 자기는 신문에 나는 내 수필을 좋아하는 독자의 한 사람인데 우리 부부에게 점심을 한 번 대접하고 싶으니 나오라는 것이다. 자기는 토론토에서 S라는 이름의 음식점을 경영하는 사장님이니 점심 한 끼 대접하는 것은 조금도 문제가 되지 않는다면서—.

점심은 두고라도 나는 내 글을 좋아한다는 말 한마디에 고만 껑충껑충 뛸 듯이 기분이 좋았다. 이걸 두고 기분이 만땅고라고 하던가? 마치 어느 가수가 무대에 서서 공연장을 가득 메운 청중들의 열띤 기립 박수를 받는 기분이랄까. 물론 점심을 내겠다고 전화까지 한 K씨는 대단히 멋진 사나이일 것이라는 생각도 들었다.

글이건, 글씨건, 노래건, 그림이건 자기의 오랜 시간과 정열을 쏟은 '작품'에 잘했다는 칭찬을 받고도 기분이 좋아지지 않는다면 그 사람은 단연 정서적 변비증이 심한 사람이다. 어디가 잘못

되어도 크게 잘못된 것. 글과 그림은 음악이나 무용 같은 공연예술에 비해서 독자의 반응이 늦고, 꼭 그 자리에서 즉석 반응을 하지 않아도 되는 것이 다르다 뿐이지 독자나 청중의 반응이 중요한 역할을 하기는 마찬가지가 아닌가.

독자의 반응이 나를 우울하게 만든 경우도 있다. 예로, 내가 언젠가 "…계모 밑에 자란 아이는 먹어도 살이 찌지 않는다"는 속담을 인용했다가 혼쭐이 난 적이 있다. 이 글을 읽은 독자가 격분하여 신문사에 전화를 하고 "이동렬이의 그 따위 글을 글이라고 실어주는 당신네 신문이 한심하다"는 요지의 항의를 하더라는 것이다. 이유가 합당하건 아니건, 내 글에 대한 이런 부정적 말을 들으면 조금 전에 K씨의 말을 듣던 때와는 정반대의 기분이 된다.

옛날 필화(筆禍) 사건이란 것도 알고 보면 그 내용이 별것 아닌 것일 때가 많았지 싶다. "글은 말을 다하지 못하고, 말은 뜻을 다하지 못한다(書不盡言, 言不盡意)"는 옛말이 있듯이 글은, 특히 시(詩)에서는, 전달하지 못한 뜻을 담고 있을 때가 많다. 다른 말로 표현하면 독자의 마음에 따라 이렇게 해석할 수도 있고 저렇게 해석할 수도 있다는 말이다.

중국 하나라 원제 때 절세미인 왕소군의 슬픈 이야기가 있지 않는가. 왕소군은 임금 원제의 후궁, 문제는 그녀를 그린 초상화와 실물에 큰 차이가 난 데서 시작하여 그녀는 낯설고 물설은 흉노 땅에 가서 마음에도 없는 흉노 왕의 왕비가 되는 운명에 놓인다. 이 슬픈 사연을 두고 시인들은 "胡地無花草/ 春來不似春(오랑캐 땅이라 화초가 없으니/ 봄이 와도 봄 같질 않네)"이라고 읊었다. 그런데 胡地無花草는 "오랑캐 땅이라 화초가 없으니"로도 되고 "오랑캐 땅인들 화초가 없으랴만"도 된다.

정민 교수의 『한시 미학 산책』에 나오는 이야기 하나. 조선 시대 때 과거를 보는 데 시험과제가 '호지무화초(胡地無花草)'였다. 수험생들은 하나 같이 왕소군의 비극을 들어 이렇다 저렇다 말이 많았는데 막상 1등으로 당선된 작품은 "胡地無花草/ 胡地無花草/ 胡地無花草/ 胡地無花草"를 4번 반복해서 적었다. 그 뜻은 "오랑캐 땅이라 화초가 없다하나/ 오랑캐 땅인들 화초가 없을까?/ 오랑캐 땅에 화초가 없으랴만/ 오랑캐 땅이라 화초가 없도다."로 해석할 수 있는 것이다. 같은 글자의 풀이가 그야말로 엿장수 맘대로, 특히 한문이나 시어(詩語)는 여러 가지로 해석될 수 있다는 예를 들 때 인용되는 이야기다.

S식당 사장 K씨가 내게 점심을 내겠다고 한 것은 그가 나에게 어느 정도 호기심을 가졌기 때문일 것이다. 그러나 일단 나를 만나보면 내 밑천이 드러날 거고 내 밑천이 드러나면 K씨도 내게 실망할 것이라는 막연한 불안감이 든다. 마치 젊은 시절에 내 연인이 내 참모습을 다 알면 당장 나를 떠나고 말 것이라고 생각했던 것처럼—.

2009. 6.

어느 눈 오는 날

토론토 기상청의 발표를 따르면 1939년 이후 토론토에 눈이 가장 많이 왔다는 2008년 3월 8일 토요일이었다. 아침부터 하얀 밀가루같이 잘디 잔 싸락눈이 흩날리기 시작하더니 점심때가 가까워지면서는 앞이 내다보이지 않을 정도로 내리 퍼붓는다. 온 천지가 뿌옇게 되고 저 멀리 보이던 고층 건물도 숲인지 구름인지 분별이 가질 않는다. 온 세상이 흰눈으로 뒤덮이는 것을 콘도미니엄 고층에서 내려다보는 것도 하나의 구경거리다. 나중에 쌓인 눈 때문에 겪을 불편은 잠시 잊어버리고 우선 그 황홀한 눈의 잔치에 넋을 잃고 창가에 서서 내다본다.

우리 부부, 바로 앞 동네에 사는 C형 부부, 그리고 우리와 같은 콘도미니엄에 사는 H형 부부 이렇게 3집이 한 식탁에 자리를 같이 하였다. "이런 날은 도저히 그냥 넘어 갈 수 없다"며 H형네가 점심에 깜짝 초대를 한 것이다. 때가 되면 뭣을 장만할까 머리가 아파온다는 아내는 뜻밖에 날아든 뉴스에 "땡큐" "땡큐" 생글 방글이다. 더구나 폭설이 올 것이니 외출을 삼가하라는 방송

경고가 벌써 몇 번째인가? 그러니 오늘 같은 날은 집안에서 도란도란 세상 이야기나 하면서 시간 보내기는 더없이 좋은 날이다.

요사이 우리 또래의 모임은 어딜 가나 병(病) 얘기로 시작된다. 누가 암(癌)에 걸려서 얼마 못 간다더라, 누구는 어디가 아팠는데 침 한 대 맞고 금방 나았다더라는 등 남의 병 얘기로 시작해서 자기 식구들의 병 이야기로 끝이 없다. 병 얘기의 클라이맥스(climax)는 누가 갑자기 죽을 병에 걸려서 의사로부터 사형선고를 받았다느니, 임종 전 병상에서 당할 고통에 관한 무시무시한 얘기들이다. 모두들 갑자기 처연(悽然)한 표정이 된다. "우리 이제 죽는 날까지 건강하고 즐겁게 삽시다." 누구의 입에선가 울음보가 터질 것 같은 풀 죽은 탄식이 흘러나왔다. 말의 내용과 얼굴 표정이 불협화음을 이룬다.

옛날 선비들은 친구나 스승 같은 가까운 사람이 세상을 떠났을 때는 만가(輓歌)라 불리는 글을 지어 죽은 이의 명복을 빌었다. 그런데 정조~철종 때의 문신 이양연이라는 사람은 자기 자신에 대한 만가를 지었다. 손종섭님의 힘을 빌려 옮겨보자.

한 평생 시름으로 살아 오느라/ 밝은 달은 봐도 봐도 미나쁘더니/
이젠 길이 길이 대할 것이매/ 무덤가는 이 길도 해롭잖으이
一生愁中過… 此行未爲惡

누가 우리말로 옮겼는지는 모르나 내 수첩에는 중국 동진(東晋) 때 도연명이 지은 자기에 대한 만가(輓歌)가 한 수 적혀 있다.

천추 만세 뒤에 그 누가 영(榮)과 욕(辱)을 알겠는가/
다만 한(恨) 되는 것은 세상에 살았을 때 술이나 마음껏 마셨더라면
千秋萬歲後 … 飲酒不得足

　이양연과 도연명의 만가를 보면 이들은 인생을 마치 하늘 높이
뜬 비행기에서 창밖으로 밑에 깔린 구름을 감상하는 것과 별 다
름없이 보았다. 달관이니 득도(得道)의 경지니 하는 것은 바로 이
런 것을 두고 하는 말이다. 죽어서 천당이나 극락을 가겠다고 바
라는 것도 삶의 한 방법이지만 천당을 가건 못 가건 그저 죽음에
초연하고 무덤덤한 것도 하나의 용기요 달관이다.

　요사이 서양에서 건너온 사조 덕분에 서점에 가 보면 '걱정을
잊고 사는 법' '행복하게 사는 방법 60가지' 등 무슨 법, 무슨 법
하며 주의를 끌려는 책들이 쏟아져 나온다. 그러나 모두가 부질
없는 일. 전쟁이 있고 굶주림이 있는 한 시름은 있게 마련이고,
만남이 있고 헤어짐이 있는 한 시름은 있게 마련이며, 꿈이 있고
그리움이 있는 한 시름은 있게 마련이 아니겠는가.

　창밖을 내다보니 자동차들이 이제는 숫제 엉금엉금 기어서 간
다. 이제 우리도 자리를 뜰 시간. 이틀 동안 눈을 하도 많이 치워
서 허리가 뻐근하다는 C형은 이제 집에 가면 또 눈을 치워야 한다
면서 혼자 투덜댄다. 창밖에 눈은 이제 이성을 잃고 마구 퍼부어
댄다. 우리 인생도 언젠가는 저 눈송이처럼 뿔뿔이 흩어지겠지.

2008. 3.

3
·················

좋은 사람
나쁜 사람

올피 목사

29명이나 되는 아내와 19명의 자녀를 생산했다가 88살에 심장병으로 죽은 올피(G. Wolpe) 목사의 장례식이 미국 캘리포니아 블라이스 (Blythe)라는 도시에 있는 어느 장례식장에서 거행되었다. 그 장례식은 29명의 부인이나 19명 자녀들 중에서 아무도 참석하지 않은 쓸쓸한 장례식이었다.

장례비조차 남겨 놓고 가질 못한 올피 목사의 묘지는 공동묘지 회사 측의 호의로, 장례비 2500불은 장례사측의 호의로 무료로 제공되었다.

세계에서 부인을 가장 많이 두었던 사람으로 기네스(Guinness) 세계 기록부에 오른 화려한 이름의 올피 목사는 그의 고향인 블라이스 작은 마을에 있는 어느 공동묘지에 그 많던 아내 중 어느 하나도 없이 외롭게 누워있다.

위의 이야기는 20여 년 전 어느 신문에 났던 기사를 가위질을 해서 남겨 둔 것을 산같이 쌓인 잡동사니를 정리하다가 우연히 눈에 띄어 여기 옮겨 놓은 것이다. 기사만 달랑 도려내고 날짜는 빼먹은 맹꽁이 짓을 했으니 어느 날 무슨 신문에 난 것인지도 알 수가 없다. 10여 년 전 이 기사를 처음 읽었을 때는 참 우습고 재미있다 싶었는데 10년이 지난 오늘 다시 보니 슬프고 애잔한 생각―, 희극 같은 비극이요, 비극 같은 희극이라는 생각이 들었다. 한 번 맺기도 힘든 인연을 29번이나 맺었다 다시 풀어야 하는 그 아픔이 얼마나 컸을까.

나는 올피 목사가 난봉꾼 기질이 있어서 이 여자 저 여자와 닥치는 대로 결혼을 해서 29번에 이르렀다고는 보지 않는다. 그도 행복의 쌍무지개를 찾아 인연을 맺었다가 이혼을 했거나, 아니면 이혼을 당한 것이 그럭저럭 29번이 되었을 뿐이다. 보통 사람으로서는 상상도 할 수 없는 결혼, 이혼 횟수로 봐서 이혼은 정신적 문제의 원인이라기보다는 그 결과라는 주장과는 달리, 올피 목사의 경우에는 그 반대, 즉 그의 정신적 문제가 원인이 되었다고 봐야 할 것 같다. 인연을 맺었다 끊는 것은 정(情)을 맺고 끊는 것. 한 번 맺었던 인연을 끊을 때마다 고인 눈물은 얼마이며 가슴에 오는 통증은 얼마나 컸을까?

엊그제는 어느 친구 아들 결혼식에 다녀왔다. 피로연을 하는 회관 마룻바닥에서 댄스를 하려고 음악을 기다리는 신랑 신부 두 사람은 형언하기 어려운 그윽한 사랑의 눈길을 서로 주고받는 것이었다. 아, 그러나 그 눈빛이 얼마나 오래 갈까? 결혼한 지 만 1년이 되면 부부가 말 혹은 행동으로 애정을 표시하는 것은 절반으로 줄어들고 만 4년이 되면 최저치를 기록한다는 사회 심리학

보고가 있다. 그러니 어느 종족, 어느 문화를 막론하고 이혼율은 결혼 4년이 되면 그 절정에 달한다고 한다.

한 번은 제주도행 비행기를 탔더니 비행기 안에 제주도로 신혼여행을 떠나는 젊은 부부들이 두 세 쌍이 있었다. 영원한 사랑과 행복을 약속하며 떠나는 꿈의 여행. 그러나 그들도 세월이 가면 상대방에 대한 열정도 식어가고 상대를 응시하던 그 눈은 공허한 시선을 보내는 경우가 잦아 질 것이다. 그야말로 흥진비래 고진감래(興盡悲來, 苦盡甘來: 흥이 다하면 슬픔이 오고, 쓴 것이 다하면 단 것이 온다)이다. 29번이나 결혼을 한 올피 목사도 사랑했기 때문에 결혼했고, 그 사랑이 식었기 때문에 이혼을 했다고 생각하는 것이 가장 마음 편한 결론일 것이다.

서양 사람들의 애착 이론을 따르면 다 그런 것은 아니지만 아무리 서로 으르렁대고 싸움이 그칠 날이 없는 부부라 해도 일단 헤어지고 나면 강한 정서적 애착이 남아 괴로움을 당하는 경우가 많다고 한다. 물론 본인도 이 사실을 알고, 떨쳐버리려고 애를 써도 좀처럼 가시지 않는 사랑의 찌꺼기인 것이다. 이혼을 하거나 별거를 시작했는데도 헤어진 상대를 잊지 못하고 자꾸 생각한다든지 자기는 앞으로 이혼의 상처에서 영원히 헤어나지 못할 것이라고 비관적으로 내다보는 것이 그 예이다. 이런 현상을 두고 매정한 서양 사람들이야 자못 신기한 현상이라고 화려한 설명을 해대지만, 오천 년 세월을 정(情)에 웃고 정에 울어 온 단군의 후예들이야 이를, '미운 정(情)'이라는 세 글자로 간단하게 처리해 버리고 만다.

결혼 초기에는 두 사람이 서로 이해를 하고, 보살펴 주고, 지지해 주고, 관심을 보이고 마치 어릴 적 소꿉놀이 하는 것처럼 정답게 지낸다. 그러나 무슨 이유 때문일까, 세월이 흐르며 그 둘 관계에 녹이 슬기 시작하지 않는가.

아무리 이혼을 하면 남이라지만 올피 목사가 죽었을 때 29명이나 되는 그의 전 부인들 중에서 한 사람도 장례식에 참석하지 않았다 하니 이 북미 대륙 문화의 관례로 보면 무척 드문 일이다. 사랑을 찾아, 행복을 찾아 스물아홉 번 울려 퍼진 올피 목사의 결혼행진곡은 행복의 허깨비에 지나지 않았다. 저승 가는 길에는 눈물이 노자(路資)라는데 눈물 흘려 줄 옛 정인(情人) 하나 없이 저 세상으로 가니, 가련하다 올피 목사여, 그대 저승 가는 길이 너무 쓸쓸하구려.

2008. 12.

좋은 사람, 나쁜 사람

조선 중기의 대학자이자 사상가 남명(南冥) 조식은 지리산을 좋아하여 평생 그 산 근처에 살았다. 그는 벼슬에 뜻이 없어 평생 야인(野人)으로 남아서 도를 닦으며 말년에는 지리산 백운동에 산천제(山天齋)라는 집을 짓고 세상과 떨어져 제자들을 가르쳤다. 도학자로서 그의 이름이 널리 알려져서 한 번은 임금의 부르심을 받고 서울을 갔으나 왕에게 실망을 느끼고 자기 시골인 김해로 내려와 버렸다 한다. 이전에 남명과 금강산에 함께 유람을 갔던 어느 선비 한 사람이 남명이 고향으로 내려와 있다는 소식을 듣고 지방에 사는 그를 위해 조선 초기에 권근과 하륜이 쓴 『동국사략(東國史略)』 한 권을 선물로 보냈다.

남명은 이 책을 읽으면서 책에 나오는 인물 중에 착한 사람과 나쁜 사람을 붉은 먹과 검은 먹을 써서 완전히 좋은 사람일 경우에는 붉은 먹으로, 완전히 나쁜 사람일 경우에는 검은 먹으로 표시를 했다. 겉으로는 착한 사람 같으면서도 속으로 나쁜 사람일 경우에는 바깥에 붉은 테를 두르고 속에 검은 먹으로 칠하고, 나쁜 사람 같이 보이지만 속으로 괜찮은 사람일 경우에는 검은 테를 두르고 속에 붉은 칠을 하였다. 이 이야기가 어느 정도 신빙성이 있는 말인지는 모르겠으나 한 가지 확실한 것은 남명은 이 책에 나오는 인물들을 자기가 생각하는 옳고 그름, 정도(正道)와 사도(邪道)의 기준에 따라 분류한 것 같다.

이걸 보면 남명은 무척 감정이 격하거나, 옳고 그름의 판단이 칼날 같이 명확, 준엄하거나, 아니면 편견이 심한 사람이라는 생각이 든다. 아마도 불같은 그의 성격에 '완전히 나쁜 사람'으로 찍힌 사람과는 말 한 번 걸지 않고 술 한 잔 나누지 않았을 게다.

남명은 '행동파'에 속하는 도학자로 알려져 있다. 그는 자기가 주장하는 경(敬)과 의(義) 사상을 말로만이 아니라 실천으로 옮길 것을 강조하였다. 이 때문인가, 그는 책을 쓰는 것보다는 행동으로 실천하는 것을 더 좋아하였다. 그래서 그는 동갑내기인 안동의 퇴계(退溪) 이황과는 달리, 저서가 그리 많지 않다. 그러나 얼마 있지 않아서 일어난 임진왜란 때는 그의 후학들 중에서 의병을 일으켜 왜구와 싸운 사람들이 많다. 곽재우, 고경명, 김천일 같은 의병장들이 그 대표적 예이다.

그런데 남명이 말한 좋은 사람, 나쁜 사람은 도대체 어떻게 결정되는가? 여기서는 어디까지나 남명 자신이 판단한 좋은 사람, 남명 자신이 판단한 나쁜 사람이다. 그런데 문제는 이 세상에 있는 대부분의 물체의 속성(屬性)은 한 가지로 딱 고정되어 있다기보다는 여러 가지의 형태로 나타날 때가 많다는 사실에 있다. 마치 인상파 화가들이 모든 물체를 햇빛의 반사로 인해 시시각각으로 변하는 것으로 본 것과 마찬가지다.

옳고 그른 것도 이쪽에서 보면 옳으나, 저쪽에서 보면 그른 것이요, 또 다른 데서 보면 옳지도 그르지도 않는 경우가 많은 것이다. 누구나 한 번쯤은 경험했으리라. 어떤 사람이 '좋은 사람'이라며 소개한 A를 만나보니 '좋은 사람의 인상'을 풍기기보다는 '호감이 가지 않는 사람의 대표적인 예'에 속하는 사람에 지나지 않더라는 것을―.

남명이 사람을 4가지 유형으로 나눈 것은 그 시절 기준으로 보면 꽤 진보적인 생각이었다고 볼 수 있다. 두 가지만 더 신경을 썼더라면 그야말로 오늘날까지도 무시 못할 혁신적인 성격심리 연구방법이 되었을 것이다. 첫째는 자기의 주관적인 판단에만 의존하지 말고 좀 더 객관적인 분류 기준을 썼으면 더 좋았을 것이고, 둘째는 도덕적 의미를 내포하고 있기 때문에 그 의미를 규정하기가 거의 불가능한 단어, 즉 '좋다' '나쁘다' '겉으로 좋아 보이나 속으로 나쁜 사람'의 의미를 좀 더 구체적으로 밝혔더라면 좋았을 것을―.

궁금한 것은 남명 시절의 좋은 사람, 나쁜 사람과 오늘날의 좋은 사람, 나쁜 사람과 무슨 차이가 있느냐 하는 의문이다. 물론 '좋다' '나쁘다'의 의미가 부모에 효도하고 남에게 선행을 베푸는 것 같은 가정이나 사회생활 영역에서 규정되면 좋고 나쁨에 그때와 오늘의 차이는 별로 없을 것이다.

그러나 좋고 나쁨의 의미를 주로 정치적 영역에서 규정한다면 그때와 오늘은 큰 차이가 있을 것이다. 예로 임금의 자리에 오르기 위해 자기의 동생 넷과 수많은 신하들을 죽인 조선 제 3대 태종과 같은 사람은 분명 남명의 검은색 먹칠을 두 겹 세 겹으로 받은 사람. 만약 신하로서 그를 따르지 않았다가는 죽음을 면치 못했을 것이다. 그런데 그 나쁜 사람을 왕으로 모시고 그를 지지한 신하들은 나쁜 사람일까 좋은 사람일까? 그리고 또 한 가지 궁금한 생각. 겉으로는 나쁜 사람이지만 속으로는 좋은 사람은 도대체 어떻게 판정했을까?

2008. 12.

맹점

　반 헤케(van Hecke)라는 심리학자가 인간 사고의 맹점(盲點)에 대해 쓴 『블라인드 스팟(Blind Spots)』이라는 책 서문에 나오는 이 야기다.

　2001년 4월 중국의 전투기가 미국의 정찰기 한 대와 충돌했을 때 미국 정찰기 조종사는 중국 당국의 허락을 받지 않은 채 중국 영토의 한 섬에 착륙을 했다. 중국은 이 조종사를 구금하고 중국 영토에 무단 착륙한 데 대해서 사과하라고 미국에 요구했다. 미 국은 애당초 중국 전투기 조종사가 실수를 해서 충돌 사고가 발 생했다면서 중국의 요구를 거부했다. 미국의 눈에는 애당초 중 국 조종사의 무책임하고 무모한 비행 때문에 일어난 일이니 사과 할 필요가 없다는 말이다.

　미국이 사과를 거부한 것은 최초의 '원인'을 제공한 사유에 집 착하는 그들의 기본적 성향 때문이라는 것. 그러나 미국 사람들 은 여러 가지 원인들이 서로 복잡하게 얽혀 상호 작용한다는 사 실을 자주 잊어버린다는 것이다.

하지만 어떤 사건이든 무수한 요인이 복합적으로 상호작용을 해서 발생한다는 동양의 인과론적 사고방식을 따르면 이 같은 불행한 사고(事故)에 일단 유감을 표시하는 것이 품위 있는 행동이라는 것이 헤케 씨의 주장이다. 사과를 못하겠다고 거절하는 것은 미국의 문화적인 맹점이라는 것. 동양과 서양 사람들의 사고(思考)패턴의 차이를 연구한 인지심리학자 니스벳(R. Nisbett)도 우연한 실수로 상대방에게 상해를 입힌 경우 직접적인 책임이 없다 할지라도 우선 사과부터 하는 것이 동양 여러 나라의 습성이라고 주장하였다.

1966년이었다. 내가 캐나다에 처음 발을 디뎠을 때 '캐나다에 대한 오리엔테이션'을 해준다면서 이와 비슷한 얘기를 나에게 말한 사람이 있었다. 즉 북미대륙에서는 다른 사람과 시비를 할 때 절대로 '죄송합니다'나 '잘못했습니다' 같은 자기 잘못을 인정하는 말을 해서는 안 된다는 충고다. 한국에서는 자주 들어볼 수 있는 "나도 좀 잘못했지마는 당신이 더 잘못했어…" 하는 식의 두 사람을 다 공범으로 몰고 가는 말은 이 북미대륙에서는 들어보기가 힘들다는 말이다. "지금 네 입으로 네가 잘못했다고 말해놓고 왜 자꾸 시비냐…" 하면 속절없이 당하고 만다는 것이다.

최근 몇 년에는 비행기를 타고 어디 가려면 공항에서 어찌나 조사가 번거롭고 까다로운지 비행기 타는 출구에 도달할 즈음이면 여행하는 즐거움보다는 "아, 이제 다 지났구나" 하는 안도감이 앞선다. 신을 벗어라, 혁대를 끌러라, 모자, 외투, 웃옷을 벗어라, 주머니 속을 좀 보자, 이것은 압수 품목이다, …." 이 모든

게 누구 때문에 생겼는지 최초의 원인 밝히기를 좋아하는 미국은 알고 있을 것이다.

헤케 씨의 눈으로 보면 미국 정찰기가 중국 영토에 허락 없이 착륙했을 때 이를 사과하라고 한 중국의 요청을 거부한 것도 미국 문화의 맹점이고, 테러리스트들이 가만히 있는 미국을 공격한 나쁜 집단이라며 공항에서 신발 벗어라, 혁대 끌러라 하며 자기들이 무슨 테러의 방패막이인 양 구는 것도 맹점이다. 그러나 많은 경우 이런 종류의 맹점은 승자나 강자에게는 존재하지 않는 법이다. 그들에게는 '가능한 선택'만 있을 뿐이다.

2008. 3.

변절

　변절자란 사상이나 인간관계에 있어서 절개를 지키지 않고 바꾼 사람을 말한다. '배신자'라는 말과 더불어 '살인자'라는 말 다음으로 우리 사회에서는 입 밖으로 내놓기를 꺼리는 말이다. 단군 이래 제1의 변절자는 누구일까?

　사람마다 대답은 다르겠으나 나는 어린 조카 단종을 몰아내고 자기가 그 자리에 앉은 조선 제 7대 왕 세조와 그가 왕이 되도록 옆에서 일을 꾸민 무리들을 변절자의 금(金)메달 수상자로 꼽는다. 이들을 변절자로 부르는 것은 모두가 단종대왕 이전의 두 임금, 즉 세종이나 문종의 성은(聖恩)을 두텁게 입은 사람들이었고 이 두 임금에게 충성을 맹세한 신하들이었기 때문이다. 이들은 변절행위를 했을 뿐 아니라 입에 올리기도 거북할 정도로 악랄한 행위를 겁없이 저지른 위인들이다.

　단종의 복위운동 때는 쫓겨난 옛 군주의 복위를 꾀하다가 뜻을 이루지 못하고 '죄인'이 되어 양쪽에서 끄는 말[馬]에 팔다리가 찢겨 죽는 참혹한 형을 당한 관리, 충신들이 수없이 많았다. 충신들이 죽고 그들의 아내와 딸, 재산은 모두 정적들, 그러니까 변절자들이 나누어 가졌다. 조선 왕조에 관한 책을 여러 권 펴낸 이덕일 교수에 의하면 박팽년의 아내 옥금(玉今)은 정인지가, 김종서 측근 조완규의 아내 소사(召史)는 신숙주가, 유성원의 아내 미치(未致)와 그 딸은 한명회가 차지했다. 조선 중기 윤근수가 쓴 『월정만필(月汀漫筆)』에는 신숙주가 임금 단종의 비(妃) 송씨를 선물로 가져가려 했다는 말이 적혀있다. 이 말이 사실이라면 신숙주는 자기의 변절 행위에 대해서 한 가닥 고민이나 양심의 가책도 느끼지 않았던 변절자의 변절자였음을 알 수 있다.

신숙주는 보통 대신도 아닌 세종대왕의 고명(顧命) 대신이다. 그런 그가 동료를 배반, 세조 편에 붙은 변절자가 된 것이다. 그는 옛날 자기 군주의 부인이요 왕비인 송씨를 첩으로 데려 갈 욕망까지 품었던 인물이다. 이것을 보면 악한 자는 반드시 하늘이 벌을 내린다는 말도 꼭 맞는 말이 아니다. 훗날, 중종 때였던가, 벼슬이 대제학, 우좌찬성에 이르고 문장과 글씨에 능한 낙봉(駱峯) 신광한이란 문신이 바로 신숙주의 손자라는 사실을 보면 신숙주의 변절에 대해 하늘의 큰 벌은 없었던 것 같다. 낙봉은 기묘사화 때 조광조 일파로 몰려 여주에 15년 동안 퇴거하였다가 한양으로 돌아왔다. 돌아오는 길 광나루 나룻배에서 삼각산이 하도 반가와 읊었다는 7언 절구에는 다행히도 그의 할아버지와 같은 사악한 정서를 찾아 볼 수 없다.

외론 배로 광나루 밖 내쳐진 몸이

아니 죽어 15년 만에 다시 왔어라!

나는 보니 아는 얼굴 정에 겹다만

청산이야 알아주랴 그 옛날 나를—

孤舟一出廣寒津…. 靑山能記舊時人

변절자의 은(銀)메달 수상자는 1905년 11월 17일 경운궁 중명전에서 대한제국의 외교권을 강탈당한 을사늑약에 앞장섰던 이완용을 중심한 소위 을사 5적신들이다. 이들은 '나라를 팔아먹은 매국노'로 불린다.

이들 을사 5적신들은 신숙주나 한명회같이 남의 아내를 차지하고 재산을 도둑질해 가는 좀스런 짓보다는 그들의 변절 행위에 대한 보상으로 막대한 부귀영화를 누린 사람들이다. 이들 역시 신숙주 무리와 같이 당시의 고등 관리들이 대부분이었으며 모두가 소위 배운 사람[識者]들이었다. 변절도 뭘 좀 알아야 하는 모양이다. 그러나 그들의 마음 깊은 곳에는 한 가닥 양심적 고민이 있었을 때가 많다. 이완용이 적은 다음 시(詩)에 잘 나타나있다.

보국하는 진정은 누가 얕고 깊음이 있으리오

임금이 아니었다면 다시 이 마음을 더럽히지 않으리라

청컨대 전 시대의 영웅의 안(案)을 보거라

시세의 변화는 예나 지금이나 같으리니

報國眞情 誰淺深… 時勢推遷古似今

그런데 내가 왜 오늘 난데없이 변절 이야기를 꺼내는가? 신문을 보니 우리나라가 일본에 합병이 될 때 앞장을 섰던 어느 변절자의 후손이 자기 증조할아버지 명의로 있던 땅을 되찾기 위한 소송을 했다가 재판에 졌다는 기사를 읽고 몇 자 적어 본 것이다.

2008. 9.

의사(義士) 안중근

평생을 벼르던 일 이제야 끝났구려

죽은 땅에서 살려는 건 대장부 아니고

몸은 한국에 있어도 만방에 이름 떨쳤소

살아선 백 살이 없는 건대 죽어선 천 년은 가는 구려

平生營事只今畢… 生垂百歲死千秋

위에 적은 시는 안중근 의사가 여수 감옥에서 순국했다는 슬픈 소식이 전해지자 청나라의 실력자 원세개(袁世凱)가 보낸 만시(輓詩)로 노산 이은상 선생이 우리 말로 옮긴 것이다.

중학교 때였던가, "제일 좋아하는 색깔은?" "좋아하는 음식은?" 따위의 질문을 해서 그 답을 교환하는 것이 풍습처럼 유행한 적이 있었다. 그런 질문이 별 의미가 없고 유치한 것에 지나지 않는다는 사실을 깨달은 것은 고등학교에 들어간 후였으니 나는 세상물정 모르는 기막힌 늦둥이가 아니었나 생각된다. 그런데 대답하기가 생각보다 어려운 질문은 "누구를 좋아하십니까?" "누구를 존경합니까?" 하는 질문 따위였다. 중학교 때 나는 그 당시 인기영화 「춘향전」의 주연 배우 조미령이란 여배우를 몰래 사모(思慕)하고 있을 때였다. (조미령 씨, 조미령 씨도 나도 이제는 누구를 연모할 나이는 좀 지난 것 같아요)

존경하는 사람을 묻는 질문에서는 그 때가 한창 6·25 전쟁 중이었으니 자연히 이승만, 백선엽, 정일권 등 매일 신문에 이름이 오르내리는 사람들과 이순신, 을지문덕, 연개소문 같은 적과 맞서서 싸운 용감한 장군들을 꼽곤 했다. 장영실, 세종대왕, 정약용 등 문화적이고 창의적인 일에 힘쓴 사람들을 꼽을 수 있었겠으나 그 시절은 상무(尚武)정신이 차고 넘치던 청춘! '나약한' 문화인 따위야 존경 후보에 들지도 못했다.

그런데 나는 몇 달 전에 한국에서 S박사가 보내 온 김삼웅님의 『안중근 평전』을 읽고 그에 대한 나의 존경심은 배(倍)로 불어났다. 하얼빈 역에서 이등박문을 쏴 죽인 애국자로만 알고 있었는데 그것은 그의 생애의 정점(頂點)에 지나지 않는다.

안중근 의사가 이등박문을 없애기로 마음먹은 것은 하루 이틀의 일이 아니다. 그는 실로 오랜 시간에 걸쳐 한국의 주권 회복에 가장 큰 걸림돌은 이등박문이라고 단정하고 그를 없애기로 결심했다. 구태여 안중근을 테러리스트라고 부른다면 그는 유식한 학자, 군인 정신이 몸에 밴 테러리스트였다는 수식어를 붙여야 한다. 안중근을 포함한 정근, 공근 삼형제는 모두가 뛰어난 학식과 강인한 정신력의 소유자들이었다. 삼형제 모두, 아니 가족 모두가 조국의 광복을 위해서 중국 상해를 무대로 몸과 마음을 던진 걸출한 인물들. 그러나 안 의사의 남은 형제들은 해방이 되자 고국에 돌아와서 살다가 애석하게도 박정희 군사정권 때 투옥되어 고생을 하다가 죽었다 한다. 보안법의 희생물이었지 싶다.

나라가 위기에 처했을 때 누가 진정한 애국자이고 아닌지 그 참모습이 드러나는 법. 을사보호조약이라는 나라의 치욕이 없었다면 이완용이나 박제순, 일진회의 송병준이나 이용구 같은 5적(賊)이니 10적이니 하는 사람들이 나왔겠는가. 이들은 모두 안(安) 의사의 제거 대상이 되었을 사람들이다.

나는 『안중근 평전』의 페이지를 넘기며 어느 위인전에서나 주인공을 미화(美化)하려는 노력이 있다는 사실을 감안하고라도 퍽 감명 깊고 쉽게 쓴 책이라는 생각이 들었다. 토론토에 살다가 지난 해 암(癌)으로 세상을 뜬 이덕형 문우가 이끌던 〈주부문학교실〉 대표 P씨가 회원들에게 권하고 싶은 좋은 책을 소개해 달라고 해서 백수(白水) 정완영 선생의 『시인일기』를 소개해 준 적이 있다. 그 때는 어쩐 일인지 『안중근 평전』은 생각하지도 못했다. '주부문학'이라는 말에 홀려서 용감무쌍한 무인(武人)은 생각하지도 못했을까. 다음에는 『안중근 평전』을 소개해 줄 작정이다. 농구 선수라고 농구만 하면 되는가, 축구, 역도, 달리기 등 농구 아닌 다른 운동도 해야 하는 법이다. 문학도 마찬가지.

나는 전기 읽기를 별로 좋아하지 않는다. 그러나 먼저 『백범일지』에 이어 이번 『안중근 평전』도 시간 가는 줄 모르게 읽었다. 역시 위인의 전기는 그들의 정신력이 살아 움직이는 것 같아서 좋다.

2009. 4.

연암 박지원

조선 정조 때 뛰어난 문장가요 학자로 연암(燕巖) 박지원이라는 분이 있다. 연암은 그가 마흔세 살 되던 해에 그의 삼종형 박명원이 청나라 고종의 70세 생일축하 사절로 북경을 갈 때 함께 따라갔다가 열하까지 갔다. 돌아와서 그 체험담을 일기 형식으로 엮은 불후의 명저 『열하일기』를 남겼다.

연암은 청나라에 가서 그 곳의 학자, 문인, 정치인, 지식인들과 만나서 이야기를 나누고 크게 깨달은 바 있어 백성들의 생활에 실용성이 있는 학문을 해야 한다는 요지의 이용후생(利用厚生) 학풍의 깃발을 흔들어 나중에 박제가, 정약용 등의 개화사상에 큰 영향을 주었다.

여러 분야에 박식한 그였지만 젊었을 때는 성균관시(試)에 여러 차례 낙방을 했다 한다. 화려하고 우렁찬 집안에서 태어난 연암은 벼슬에는 애당초 관심이 없었다. 그는 일찍이 세도가 홍국영을 피해 황해도 금천군 연암골로 들어가 숨어 살다시피 했다. 그러니 연암이란 아호도 그 산골 이름에서 나온 것이다.

54세 때 연암은 경상도 거창 가까이 있는 안의라는 곳에 현감으로 가게 되었다. 작게나마 그의 경세 포부를 펼칠 수 있는 기회가 온 것이다. 그는 이용후생의 학문을 부르짖는 선비답게 선정을 베풀었다. 백성들 간의 시비(是非)를 공정하게 가리고, 불쌍한 사람을 돕고, 둑을 쌓아 홍수를 막고, 토지를 개간하는 한편 여러 가지 쓰임새가 높은 기구들을 고안하였다. 장악원(掌樂院)에서 은퇴한 악공을 불러 보수를 주고 음악에 재능이 있는 사람을 가르치게 했다고 한다.

박지원은 또 매우 청렴한 원님이었다. 그가 임기를 마치고 돌아갈 때 책 수백 권, 붓과 벼루, 각종 그릇 등 4~5 바리의 짐이 전부였다고 한다. 정조는 이를 두고 "박지원은 평생 작은 집도 한 채 없이 궁벽한 시골과 강가를 떠돌며 가난하게 살았다. 이제 늘그막에 고을 수령으로 나갔으니 땅이나 집을 구하는데 급급할 것이라 여겼는데… 문인의 행실이 이처럼 속되지 않기는 어렵다. 또 들으니 고을 원으로서의 치적 또한 매우 훌륭하다 하는구나! 하고 칭찬했다"고 이종묵 교수가 쓴 『조선의 문화공간』이란 책에 적혀있다.

연암이 저 세상으로 간 지 190년이 넘는 세월이 흘렀다. 그의 일생을 보면 한 편의 서정 수필을 읽는 것 같이 잔잔한 느낌이 든다. 그는 과격하지도, 급하지도 않고, 그렇다고 게으른 삶을 산 사람도 아니다. 그의 일생은 늦가을의 강물처럼 맑고 조용하다. 그의 주위에는 홍대용, 유득공, 이덕무 같이 평생 뜻을 같이 한 친구들이 많았다. 그는 가난했지만 마음은 풍요로운 선비였으며 한 번도 학문의 길에서 벗어난 적이 없다.

나는 연암의 고고한 기품을 숭모한다. 연암은 잘 먹고 잘 입을 수 있는 소위 명문 대가(名門大家)에서 태어났다. 그러나 그는 벼슬을 탐내지 않았고, 황금에 정신을 빼앗긴 적이 없으며 기득권 세력에 비위를 맞추려고 애쓰지도 않았다. 오히려『양반전』이니 『허생전』 같은 소설을 통하여 그의 개혁사상을 부르짖었다.

오늘날의 선비나 학자라고 불리는 사람들은 대부분이 재물에 눈이 멀고 명예에 멍이 든 사람들인 것 같다. 연암의 눈으로 보면 요새 신문지상에 이름이 오르내리는 사람들은 대부분이 재물이나 벼슬을 위해서는 평생 지켜온 신념도 하루아침에 저버릴 수 있는 사람들로 우글거리는 세상일 것이다. 입으로는 '황금이 더럽다' '벼슬이 싫다'를 말하지만 말 장난 아닌 진심으로 그렇게 생각하는 사람이 몇이나 될까?

아침 신문을 보니 한국 새 대통령 L씨 정부에 장관으로 임명된 사람들 재산 평균이 40억 원을 넘는데다가 집이나 콘도미니엄이 2~3개씩이나 된다고 한다. 그런데 놀라운 것은 그 중에 자신이 학자나 선비로 불리기를 좋아하는 사람들이 많다는 사실이다. 한 가지 궁금한 생각이 든다. 그들이나 나나 다같이 월급으로 사는 사람들이 아닌가. 그런데 부모에게서 애당초 물려받은 재산이 아니라면 그들은 무슨 방법으로 그 많은 재산을 모았을까?

2008. 3.

S 주지사

좋은 버릇인지 나쁜 버릇인지 모르겠으나 나는 '정직해야 한다' '남을 도와주어야 한다' '언행(言行)일치' 등의 도덕적이고 교훈적인 말을 입버릇처럼 말하는 사람을 보면 우선 그 사람을 위선자(僞善者)로 의심해버리는 버릇이 있다. 속으로 '너는 어떠니? 어디 좀 보자'나 '그렇게 요란스럽게 굴지 말고 좀 느긋하게 삽시다요' 같은 비꼬인 생각을 하는 것이다.

소위 '명망이 높다'는 사람들 중에는 앉기만 하면 '이렇게 하는 게 도리' '저런 법이 없다'는 등 자기가 마치 모세(Moses)의 육촌동생이나 되는 것처럼 요청하지도 않은 훈시를 해대는 사람들이 있다. 이런 사람들을 우리네와 비교해보면 행동면에서는 아무 차이가 없다는 것을 보여주는 그 사람에 대한 추행이랄까 일화가 여기저기에서 튀어 나올 때가 많지 않는가.

벌써 몇 달이 지났다. 미국 뉴욕주의 주지사 S씨가 몰래 창녀에게 다닌 것이 우연히 들통이 나서 주지사 자리를 스스로 내 놓고 말았다. 주지사라고 창녀한테 못 갈 것은 없다. 나랏돈이 아니고 자기 돈으로만 창녀에게 갔다면 큰 문제 될 것이 없지 싶다.

그가 말을 듣게 된 것은 S씨가 주지사가 되기 전 뉴욕주 검찰 총장 시절에 윤락 업계에 철퇴를 내리고 가혹한 수사와 형벌을 내리기로 유명했던, 그야말로 '정의의 기수'로 불리던 사람이었기 때문이다. 겉으로는 그렇게도 윤락 행위를 엄하게 다스리며 돌아서서는 그 말과 반대되는 행동을 했기 때문에 이번 일로 더욱 더 사람들 입에 오르내리게 된 것이다. 이 경우 '가장 엄격한 정의(正義)는 불의와 통한다'는 말이 무척 재미있는 진리가 된 꼴이 되었다.

S씨처럼 실수로 하루아침에 추락하고 마는 것을 보면 고소함과 통쾌감을 동시에 느낀다. 참 가엾다는 생각이 들어야 참 젠틀맨일 텐데 나는 수양이 부족해서 그런가 아직 그 수준에는 이르지 못하는 것 같다. 나도 내 자신은 잘 모르지만 남이 보기에는 사람들 앞에서는 그럴듯한 말만 늘어놓고 뒤돌아서서는 엉뚱한 짓을 하는 사람으로 보이는 경우가 많지 않겠는가.

『전쟁과 평화』『안나 카레리나』등 주옥같은 명작을 쓴 러시아의 문호 톨스토이(Leo Tolstoy)는 남녀간의 성(性)을 죄악스러운 것으로 보고 성욕을 만악의 근원이라고 나무라며 성욕론까지 써서 많은 돈과 명예를 얻은 사람이다. 그가 82세로 죽기 얼만 전까지 여자 없이 하룻밤도 못 잘 정도의 생활을 했다고 한다. 차라리 미국 제 35대 대통령 케네디(J. Kennedy)같이 "이틀만 여자 없이 혼자 잠을 자니 두통이 오더라"고 털어 났더라면 약간의 동정은 얻었을 텐데—.

S주지사건 톨스토이건 이렇게 준엄한 말, 교훈적인 말을 늘어 놓기를 좋아하는 것은 이런 말로 세상 사람들의 존경과 박수를 받았기 때문일 것이다. 그러나 존경과 박수를 너무 찾아 다니다 보면 자기가 지금 어디서 무슨 말을 하고 있는지 잘 모르는 경우 가 늘어간다. 사실 아무리 정의롭고 도덕적인 말이라 해도 그것 이 인간의 본성을 지나치게 억누르는 것일 때는 지나친 박수와 찬사는 허깨비가 된다.

　　아무튼 우리 인생살이에는 '절대로' '반드시' '꼭'이 필요한 경우 가 생각보다 훨씬 적다. 인생이란 예외(例外)로 살아가는 경우가 더 많지 않는가.

2008. 8.

연애(戀愛)의 청춘

사전을 보면 '연애'라는 말은 "남녀가 서로 사랑하는 일"로 적혀있다. 연(戀)은 사모하거나 그리워한다는 말이고 애(愛)는 사랑한다는 말. 그러니 사모하거나 그리움 없는 연애는 없다. 요새는 남자-남자, 여자-여자 동성끼리 연애도 하고 결혼도 하는 재미있는 세상이지마는 전통적으로 연애는 남자와 여자간의 애정에 한해서 쓰는 말이다. 19세기 말 일본에서 우리나라로 전파된 이 말은 서양 선교사들이 사랑(love)을 번역한 말로 우리나라에서 쓰이기 시작했다고 한다.

우리나라에서 자유연애를 가장 먼저 실천한 사람들은 기녀(妓女)들이었다. 여명기의 최초 여성 화가이자 문필로 이름을 날리던 나혜석을 따르면 여자들 중에 연애를 할 줄 안다 하면 기생밖에는 없었다 한다. 새로운 문물을 접수한 여학생들은 너무 이성에 대한 교제 경험이 없었으나 기녀들은 남성교제의 많은 경험으로 마음에 드는 남자를 선택할 만한 판단력이 있고 한 남자에 대한 사랑을 능동적이고 영속적인 일로 이끌어 갈 줄 안다는 것.

그러므로 진정한 사랑을 할 줄 알고, 줄 줄도 아는 자는 기녀를 제외하고는 없었다고 한다.

20세기 대한민국 땅에 태어나서 연애 감정 한 번 가져보지 못한 사람은 그리 많지 않을 것이다. 연애 감정에 빠져있을 때를 생각해보라. 그야말로 대중가요 노랫말처럼 '앉으나 서나 당신 생각'이 아닌가. 상대방의 말과 행동 일체를 지고지순(至高至純)한 것으로 받아들인다. 우리 일생에서 "나는 참으로 가치 있는 사람이다"는 것을 서로 조건 없이 맑은 눈으로 확인하는 때, 이유 모를 희망에 부풀어 있는 때가 연애 감정에 사로잡혀 있을 때이지 싶다. 그러니 연애는 분명 젊은 사람들의 몫이다. 그것은 꿈과 낭만으로 활짝 피어난 꽃밭. 연애야말로 사람과 사람 사이를 따스하게 해 주는 에너지의 원천, 우리 마음속에 찔레순보다도 더 연하고 보드라운 심성이 커가는 온실이다.

대학교에 막 들어가서 희랍의 철학자(Plato)가 쓴 『향연(Symposium)』이라는 책을 읽었다. 해석을 제대로 했는지는 모르지만 그가 한 말, 즉 연애 중에 있는 젊은이들을 전쟁터에 짝 지워 내보내면 사내들은 그들 연인이 지켜보는 앞에서 이 세상 아무것도 두려워하지 않고 용감하게 적과 싸울 것이라는 내용을 읽은 것이 어렴풋이 생각난다. 내 실력 부족으로 원문 해석을 잘못했거나 기억이 틀렸다면 이 주장은 내가 이 세상에 처음 내놓은 것으로 인정해 줬으면 좋겠다.

연애 감정에서는 바라는 것이 적다. 그저 사랑하는 사람과 같이 있으면 그만이다. 두 사람의 존재를 확인하고 싶은 것이다.

바로 옆에 두고도 그립다지 않는가! 어느 시인의 시구(詩句)처럼 한 사람을 사랑한다는 것은 이 세상 전체를 비로소 받아들이는 것이다.

우리나라에서 자유연애는 기녀들이 시작했다지만 남녀간 사랑의 역사는 인류 역사만큼이나 오래다. 우리나라 문학작품으로는 문헌상 가장 오래 된 것으로 알려진 고구려 제 2대 유리왕이 지었다는 「황조가(黃鳥歌)」를 보면 남녀가 서로 그리워하는 마음이 있었음을 알 수 있다. 문자가 나오기 전의 동굴 벽화를 봐도 남자와 여자가 서로를 그리워했지 않는가.

임진왜란이 일어났던 조선 중기 선조대왕 때 경기도 화성 땅에 살던 명옥이라는 기생이 남긴 노래를 보자.

꿈에 뵈는 님이 연분 없다 하건마는 / 탐탐히 그리울 제 아니면 어이 뵈리/ 저 님아 꿈이라 말고 자주자주 뵈소서

옛날부터 전해오는 말로 꿈에 보이는 사람과는 부부의 인연이 없다고들 하지만 그리움이 사무칠 때에는 그래도 괜찮으니 꿈에서라도 자주 자주 보게 해달라는 애원이다.

그런데 생각해 보면 연애 감정도 스무 살이 되기 전 '물 불 모르던 철 없던 시절'에 가졌던 연모(戀慕)의 정이 가장 순수한 것이 아닐까. 나이가 들면서 우리의 생각은 오염이 된다. 오염이 되면 장사꾼 같은 수입 지출에 대한 계산이 사모의 정을 앞서게 된다.

소월의 「초혼」을 읽고도 이방원의 「하여가」를 듣듯 별다른 감

흥을 느끼지 못하고, 안도현의 사랑 시(詩)를 읽고도 가슴 찡해오는 전율을 느끼지 못한다면 연애를 할 청춘은 이미 지난 것이다. 청마(靑馬) 유치환은 "사랑한다는 것은 사랑을 받느니 보다는 사랑을 하는 것이 더 행복하다" 했지만 천만에, 나 같은 속물은 사랑을 받는 것이 사랑하는 것보다 몇 갑절 더 행복한 이기주의자인걸.

짝사랑도 사랑이다. 당대의 명창 박녹주를 짝사랑하여 서른의 나이로 생을 마칠 때까지 끊임없이 편지를 보내며 평생을 일방적인 사랑으로 불태운 「봄봄」 「소나기」 같은 기억에 남는 소설을 쓴 김유정을 행복했다고 할 수 있을까?

2009. 1.

장하다 미국

　오바마(B. Obama)라는 이름의 걸출한 인물이 온갖 장애를 딛고 44대 미국 대통령에 당선되었다. 온 세계가 그야말로 터질 것 같은 기대와 흥분 속에 휩싸여 있다. 인종적으로나 경제적으로 '하잘것없는' 집안에서 태어난 그는 머리와 신념 하나로 일류교육을 받으며 사회적으로 건강하게 컸다. 이번에 그는 그를 멸시하고 억누르려 들던, 소위 가진 자들의 계층을 대표한 M후보를 제치고 당당하게 당선을 한 것이다.

　가히 절벽을 기어오르는 긴장 속에 쌓은 쾌거라 할까. 이 승리를 약자의 강자에 대한 보복으로 볼 수 있다면 여간 통쾌한 보복이 아니다. 그의 승리는 이 세상의 모든 정상 궤도(軌道)를 거꾸로 돌려놓은 듯한 느낌이다. 낮은 자가 높은 자를 억누른 셈이요. 어둠이 밝음을 이기고, 가난이 부(富)를 굶긴 셈이다.

　벌써 30년은 넘었지 싶다. 텔레비전을 통해 다음과 같은 장면을 본 기억이 난다. H라는 이름의 변호사, 미국 민주당 전당대회 주 연설자[keynote speaker]로 단상에 오르기까지 한 인물 좋고,

말 잘하고, 돈 많은 흑인 여성 H는 전당대회가 끝나고 몇 달 후 도시 주택 장관인가 하는 외우기도 힘든 어느 정부부처의 장관 후보에 이름이 오른 적이 있다. 그의 자질을 심사하는 공청회 자리에서 어느 미국 상원의원 한 사람이 물었다. "H 씨 당신은 일 년 수입이 30억 달러인 변호사인데 도시에 사는 헐벗고 가난한 사람들의 삶을 이해하고 도와 줄 수 있습니까?" 너 같이 돈 많은 사람이 어떻게 가난한 사람들을 이해 할 수 있겠느냐는 꼬집음이었다. 그 질문에 H는 이해할 수 '있다' '없다'는 대답 대신 다음과 같은 짧은 말로 공청회장 분위기를 일시에 숙연하게 만들었다. "상원의원님, 내가 어찌 내 과거를 잊어버릴 수 있겠습니까?" 하는 짧은 대답. H의 아버지는 H가 어렸을 때 어느 열차의 식당 칸에서 접시를 닦아가며 딸을 공부시킨 노동자였다는 사실을 상원의원들은 이미 잘 알고 있었기 때문이다.

　미국의 케네디(E. Kennedy) 상원의원이 발병(發病)을 하여 병원에 입원했을 때 온 미국 언론은 마치 국가 원수(元首)의 초상이라도 난 것처럼 크게 떠들었다. 텔레비전에서 B라는 80대 후반의 노(老) 상원의원은 눈물을 흘리며 "내 사랑하는 친구 케네디, 하루 빨리 회복해서 우리와 함께 손잡고 일해요" 하는 간절한 기도를 드리는 감격적인 장면을 본 생각이 난다. 사람들이 케네디, 케네디 하며 그의 이름을 입에 올리는 것은 뭣 때문인가? 그가 돈이 많아서 그럴까? 아니다. 얼굴이 미남이라서? 아니다. 그가 대통령을 지낸 사람의 친동생이어서? 아니다. 미국 상원의원이라는 사회적 지위 때문에? 아니다.

그가 존경 받는 이유는 지난 몇 십 년 동안 미국에서 헐벗은 사람, 가난한 사람, 소외된 계층을 위해서 한결같이 열심히 일했기 때문이다. 가난한 사람들을 위한 법안(法案)에 케네디 이름 석 자가 들어가지 않은 법안은 없을 정도로 그는 자기 자신의 부(富)를 챙기기보다는 헐벗은 사람들을 위해서 일하는데 바빴기 때문이다.

오바마의 대통령 당선은 내게 많은 생각과 심경변화를 가져왔다. 그 싫고 밉던 미국이 점점 장하고 부러운 미국으로 보인다는 것이다. 과연 미국은 아름다운 나라 미국(美國)이다.

우리도 더욱 더 살기 좋은 나라로 만들기 위해서 미국 사람들의 약자에 대한 너그러움, 사리를 따질 줄 아는 분별성과 객관성, 나와 다른 것도 참고 바라 볼 수 있는 여유로운 시각, 누구에게나 공명정대(公明正大)하게 대해야 한다는 공정성을 더 배워야 한다.

오바마의 승리는 미국의 승리, 민주주의의 승리다. 개천에서 용(龍)이 날 수 있는 사회ー미국이 부럽다.

2008. 11. 5.

자랑스런 대한민국

하루는 누가 보내주는지도 잘 모르는 잡동사니 전자통신 무더기를 뒤적이다가 재미있는 제목이 하나 눈에 띄었다. "자랑스런 대한민국"이라는 제목 아래 한국의 자랑이라고 생각되는 것은 모조리 늘어놓은 듯한 4쪽 분량의 한국에 대한 묘사였다. 예를 들면 세계 500대 기업 내 기업체 수는 아시아에서 2위, 인터넷 보급률 1위, 메모리 반도체 생산량 1위, 선박 건조율 1위, 수학 올림피아드 1위 등 어느 정도 객관적인 판단이 가능한 것에서부터 "한글은 천지인을 결합시켜 만든 과학 철학적인 글자" "한국이 세계 문자 중 No 1"에 이르기까지 누가, 언제, 어디서 무슨 근거로 그런 주장을 하는 것인지 알 수 없는 것들이 많았다. "영국 옥스퍼드 대학의 언어학 대학에서 세계 모든 문자를 순위를 매겨 진열해 놓았는데 그 1위는 자랑스럽게도 한글이다"라고 옥스퍼드 대학 권위까지 끌어 들이니 나 같은 천학비재(淺學非才)야 어찌 감히 다른 의견을 내놓을 생각조차 할 수 있겠는가.

"미국이랑 제대로 전쟁이 났을 때 3일 이상 버틸 수 있는 8개국가 중 하나인 나라" "남녀 평등부가 있는 유일한 나라" "도시의 고층빌딩에서 멋진 야경을 볼 수 있는 세계 10개국 중 하나" "미국도 무시하지 못하는 일본을 무시하는 전 세계에서 가장 배짱 있는 나라" "양치질을 3번 하라고 가르치는 유일한 나라" "유럽 통계에 세계에서 여자가 가장 예쁜 나라 1위 한국！"에 이르러서는 참았던 웃음이 폭발하고야 말았다. 일본을 무시할 수 있는 것이 우리 배짱이 크다는 증거라면 미국이나 소련을 무시하면 더 큰 배짱이 보장될 텐데一. 세계에서 여자가 가장 예쁜 나라에서 태어난 사모님을 모시고 40년 넘는 세월을 살아온 이 불초의 영광을 누구에게 돌려야 할까.

"노약자 보호석이 있는 5개 나라 중 하나인 나라"에는 할 말을 잃고 말았다. 나는 1999년 가을부터 2006년 봄까지 6년 5개월을 한국에 가서 사는 동안 매일 버스로 출퇴근을 했다. 그 기간 동안 시내버스에 '노약자 석'이라고 표시가 된 자리에 노약자가 앉아 있는 경우는 손가락으로 꼽을 수 있는 정도이고, 젊은 사람이 앉아 있다가 노약자가 버스에 오르는 것을 보고 그에게 선뜻 자리를 내주는 것을 본 것은 10번이 채 안될 것이다. 그러니 "노약자 보호석이 있긴 있으나 있으나마나 노약자가 앉지 못하는 유일한 나라"로 고쳐야 정직한 자랑이 된다.

내 생각으로 한국의 자랑 리스트에 꼭 들어가야 할 것이 빠진 게 있다. "사내들이 최고의 최고만을 찾는 사모님들의 불만 때문인지, 체감 양기(陽氣)가 영하(零下)로 떨어진 때문인지는 모르겠으나 비행기를 타고 멀리 태국까지 가서 산 뱀을 삶아 먹고 오는 나라" "영어를 잘하려는 국민적 소망이 대단하나 정작 해외 교포 자녀가 서울에 가서 한국말을 잘 못하면 당장 그 부모가 비애국자로 몰리는 나라."

우리의 자랑거리는 세계에서 반도체 생산 1위, 선박 건조율 1위도 좋지만 행복지수 1위가 더 좋은 것이다. 우리 삶의 궁극적인 목표는 행복. 돈을 벌고, 큰 집을 사고, 별장을 장만 하는 것 모두가 행복한 삶을 누리려는 수단에 불과한 것이 아닌가. 그런데 이들을 너무 탐을 내다보면 그 수단 자체가 하나의 인생 목표처럼 된다. 돈과 재물을 모으느라 너무나 많은 정력과 시간을 쏟다 보면 마음의 여유와 안정 있는 생활, 예술이나 우정, 자기 계발이 있는 소위 내적(內的) 가치에 마음을 쏟을 겨를이 없게 된다. 돈 때문에 우정에 금이 가거나 건강을 잃고, 가깝게 지내야 할 사람과 가까워지기는커녕 더 멀어지거나 갈라서는 비극이 얼마나 많은가. 돈이나 물적 자원은 내가 많이 가지면 남이 가지게 될 양이 줄어들 확률이 많다. 그러나 우정이나 예술 행위는 많이 하면 할수록 좋고, 나는 물론 남들도 무한정 향유할 수가 있다. 내적 가치는 사회적 지위나 재물 같이 내가 가지면 남은 못 가지게 되는 경쟁적 가치가 아니다.

한국의 행복지수는 세계에서 26위라고 한다. 한 나라의 경제적 부와 그 나라 국민들의 주관적 행복감과는 별 상관이 없다는 보고는 수없이 많다. 사람들끼리 서로 정답게 마음 놓고 사는 사회, 웃음과 인정이 넘치는 동화 속 같은 사회를 만드는 것이 중동에 자동차 몇 천 대를 팔았다는 소식, 반도체 생산이 20퍼센트가 증가했다는 소식보다 더 반가운 것이다.

　어떤 생각이나 말을 여러 번 되풀이하면 정말 그게 사실이라고 믿게 되는 것이 사람의 마음. 대한민국은 행복지수 1위의 나라가 된다는 것을 믿고 기다려보자.

2009. 3.

4
·····················

어떤 행운

남자는 악(惡)의 축(軸)

날마다 신문이나 방송에 끔찍하고 잔인한 방법으로 저지른 살인 사건에 관한 기사가 사회면을 장식한다. 이런 끔찍한 살인 사건이 해마다 늘어가는 것은 어느 나라나 마찬가지, 세계적인 추세다.

1993년 미국 FBI 통계를 따르면 미국에서 일년 동안 일어나는 살인은 1만 6천내지 1만 8천 건이 된다고 하는데 그 살인의 80% 이상이 남자에 의해 저질러진다고 한다. 진화 심리학을 따르면 이런 현상은 미국만이 아니라 어느 문화, 어느 사회에서 살인은 남자가 저지르는 경우가 압도적으로 많다고 한다.

실제 살인을 저지르는 것은 아니더라도 살인을 하고 싶은 공상이나 충동에서는 남녀가 어떻게 비교될까? 이 역시 남자가 여자보다 압도적으로 높다. 그러니 남자는 여자보다 살인에 대한 상상을 더 많이 할 뿐 아니라 실제 살인 행위도 더 많이 저지른다는 것이다.

진화론으로 보면 여자가 살인까지는 가지 않더라도 남을 공격

할 경우 그 공격의 밑바닥에는 주로 성(性)적 경쟁이 깔려 있다. 어느 문화에서나 여자가 다른 여자를 공격하거나 상대를 깎아내릴 때 쓰는 수단은 남자들처럼 살인 같은 신체적 공격이 아니라, 말[言語]을 주무기로 쓴다고 한다. 이를테면 상대방이 '성(性)적으로 문란'하다거나 '돼지같이 살만 쪘다'는 등 상대방의 성(性)적, 신체적 매력에 흠집을 내려 한다는 것. 이 모두가 남자들의 상대방 여자와 지속적인 성(性) 관계를 맺고 싶은 욕심을 감소시키는 수단이라는 것. 퍽 재미있는 주장이다.

남을 죽이는 살인의 개념을 연장하면 전쟁이 된다. 전쟁은 한 집단이 힘을 합해서 다른 집단에 저지르는 무더기 살인이라 할 수 있다. 왜 자기 유전자를 승계하는데 아무런 문제가 없는 종족이 자기 목숨을 잃어버릴 위험을 무릅쓰며 전쟁을 할까.

문화인류학자들의 주장을 따르면 이 지구 위에 사는 4천여 종의 생물 가운데 단 두 종류, 즉 침팬지(Chimpanzee)와 사람만이 자기와 같은 종족의 동물을 죽일 목적으로 전쟁을 한다고 한다. 진화심리학에서 주장하는 애당초 전쟁에는 반드시 성(性)적 자원의 확보가 그 원인의 하나로 끼어있다. 투비(J. Tooby)라는 진화심리학자는 전쟁을 일으키기 위해서 충족되어야 할 4대 필수조건의 하나로 자기 종족을 확산, 승계시킬 수 있는 가능성이 충족되어야 할 것을 주장하였다. 상대편 남자를 모두 죽이든가 상대편 부녀자들을 모두 포로로 잡아오는 경우는 이 조건이 충족되는 것으로 볼 수 있다. 이처럼 남자의 경우는 많은 여자를 확보하면 자기의 씨가 퍼질 가능성이 커진다. 그러나 여자의 경우는 다르다. 여자는 주위에 있는 남자들만으로도 정자(精子) 공급은 무제한 받을 수 있으므로 구태여 전쟁을 일으켜 남자를 확보할 필요가 없다.

지금 미국이 이라크에서 저지르고 있는 전쟁은 미국 쪽에서 보면 전쟁이요, 이라크 쪽에서 보면 살인행위이다. 이 살인행위로 이웃을 사랑하고 원수를 용서하라는 복음을 누구보다도 큰 소리로 외치는 기독교의 나라 미국이 저지르고 있다는 것을 생각하면 믿음과 행동, 말과 행동 간에 진정한 관계가 어떤 것인지 궁금한 생각이 든다.

어느 사회에서나 대부분의 살인행위는 남자들이 저지르고 살인에 대한 공상도 남자들이 압도적으로 더 많이 하고, 전쟁을 하는 것도 전적으로 남자들이다. 남자는 '악의 축'인가?

2008. 3.

낙방

　나는 초·중·고등학교에 다니는 학생들에게 심심풀이로 "Is the school heaven or hell?"(학교가 네게 천당이냐, 지옥이냐?) 하고 물어보는 버릇이 있다. 무슨 깊은 이론이 있어서라기보다는 그저 "학교 가기가 재미있어?"하고 묻는 것보다는 좀 더 가벼운 교재인 것 같아 꾸며낸 질문이다. 3, 4살짜리 꼬마들에게 "How old are you?"(몇 살?) 대신, "How many candles did you have in your last birthday cake?"(지난 생일 때는 케이크에 촛불을 몇 개 얹었지?) 하고 묻는 것과 마찬가지랄까.

　그런데 그 질문에 대한 대답이 재미있다. 첫째, 한국이고 캐나다고 간에 학교를 갓 시작한 1, 2학년 고사리들은 'heaven'(천국)이라고 대답하지만, 학년이 높아질수록 "It's hell."(지옥!)이라는 대답이 많다는 것이다. 대답을 않고 싱글싱글 웃기만 하는 녀석들은 세상 살아가는 요령을 조금이라도 터득한 녀석들인 것 같다.

　학년이 올라갈수록 '지옥'이 늘어가는 것을 보면 학교에서 오는 부정적인 경험도 늘어 가는 것 같다. 그 부정적인 경험의 맨 첫째로 꼽을 수 있는 것이 '성공'과 대조를 이루는 '실패'이다. 실패란 대학 입학시험에서 낙방하는 것처럼 외부적인 경우도 있고, 자기가 기대했던 것보다 더 못한 결과에서 오는 내부적인 경우도 있다.

뭐니뭐니 해도 성공, 실패를 가르는 가장 큰 일은 대학입시일 게다. 입시에서 떨어지면 절망에 가까운 비극, 평생을 가슴에 주홍글씨를 달고 살아야 할 위험도 있지 않는가.

그런데 대학입시에 떨어진다는 것은 옛날 과거(科擧)에 낙방하는 것보다도 개인에게 주는 영향이 더 클 것이라는 생각이 든다. 물론 과거도 선비들의 피를 말리는 행사였다. 어떤 선비 한 사람이 장난으로 쓴 '낙심의 시'를 보면 인생 4가지 비극 중에 '과거에 낙방한 선비의 표정'(下第擧人心)도 그 하나라고 했다.

정민 교수가 쓴 『한시 미학 산책』에 보면 청나라 원매가 소개하는 「낙제의 시(詩)」라는 게 있다.

급제 하지 못하고 먼 길 돌아오니
처자의 낯빛이 반기는 기색이 없네
누렁이만 흡사 반갑다는 듯
문 앞에 드러누워 꼬리를 흔드네.
不第遠歸來 … 當門臥搖尾

다음에는 낙제한 선비 아내의 '바가지'를 보자. 당나라 때 두고(杜羔)라는 사람은 과거에 낙방하고 집에 돌아가려 하자 그 아내가 시를 지어 보냈다.

낭군께선 우뚝한 재주를 지니시곤
무슨 일로 해마다 낙제하고 오십니까?
이제는 서방님 낯 뵙기 부끄러워
오시려든 밤중에야 돌아오시오.
良人的有奇才 … 君到來時近夜來

요컨대 남 보기가 창피하니 집에 오려거든 남의 눈에 띄지 않는 밤에 오란 말이다. 그야말로 시쳇말로 '정면돌파'이다. "하루 밤에 아홉 번을 일어나 탄식하니/ 꿈결도 토막토막 집에 닿지 못하네(*一夕九起嗟, 夢短不到家*)." 처량한 신세. 잠을 자려 하나 그것도 울화로 깨는 통에 꿈결이 토막 나 집에도 가기 어렵다는 어느 과거에 낙방한 재수생의 탄식이다.

조선시대의 과거는 결혼을 해서 처자식을 둔 응시자들이 급제 혹은 낙방을 경험했다. 그러나 오늘의 대학입시는 이제 막 혈기가 오르기 시작하는 이팔청춘. 꿈에 젖어, 희망에 부풀어 세상 살아가는 자신감을 형성할 시기에 겪는 냉혹한 현실이다.

내 생각으로는 입시제도가 없다면 중·고·대학은 지금의 10배 활기 있고 재미있는 장소가 되지 싶다. 옛날 국어시간에 읽은 "청춘, 이는 듣기만 하여도 가슴이 설레는 말이다…"로 시작되는 민태원님의 수필 「청춘예찬」은 오늘날 한국의 입시 지옥에서는 별 의미가 없는 글이다.

2007. 11.

낙방 125

권력

"봄바람아 잘 가거라, 붙들 생각 없나니. 인간에 오래 있으면 시비를 배우니라(春風好去無留意, 久在人間學是非)." 어제까지만 해도 공중에 나는 새도 떨어뜨릴 것 같이 위세당당한 권세를 뽐내던 사람이 시비에 휘말려 하루아침에 죄인이 되어 귀양길을 가고 있는 인생 요지경을 빗댄 고려 말의 문신 석간(石澗) 조운흘의 노래다. 그는 세상의 부귀 영화에 뜻이 없어 일찌감치 벼슬을 내놓고 경기도 광주 몽촌(夢村)이라는 곳에 숨어 살았다. 몽촌(夢村)—. 꿈꾸는 마을, 이 얼마나 환상적인 이름이냐.

벼슬이 더럽다 더럽다 말하는 우리도 말만 그렇게 하지 속으로는 그것을 부러워하는 때가 많다. 높은 자리에 있는 사람과 점심이라도 같이 하면 그것을 큰 자랑으로 여기거나, 가족이나 친척 중에 권세가 높은 사람 심부름해 주는 사람 하나만 있어도 그의 힘과 역량을 2배 3배로 불려서 이야기하기를 좋아하지 않는가. 이 모두가 우리 마음속으로는 권력을 동경하고 부러워하기 때문이다.

우리는 권세나 사회적 지위가 높은 사람과 가까운 관계에 있음을 말할 때는 자기도 중요한 사람이 된 기분이다. 내가 경험한 일도 일어난 지가 30년이 넘는 옛날이야기 하나. 전두환 군사정권의 분탕질이 그 절정에 이르던 1980년대 어느 해, 서울에 잠시 다니러 갔다가 금아(琴兒) 피천득 선생과 롯데 호텔 양식부에서 점심을 같이 한 적이 있다.

그 때 나와 마주 앉은 사람이 다름 아닌 피천득이라는 사실을 알게 된 나이가 스무 살이 되었을까 말까한 어느 남자 종업원 한 사람이 근엄, 공손하고 존경하는 마음이 차고 넘치는 경건한 자세로 금아 선생 옆에 섰다. 그러더니 자기는 경주에서 올라 온 박 아무개라는 것, 국어 교과서에서 선생님의 수필 「인연」을 읽었다는 것, 그 수필의 필자를 여기서 뜻밖에 만나 뵙게 되어 무척 반갑고 영광스럽다는 것, 그리고 앞으로 많은 지도 편달을 바란다는 요지로, 마치 군대에서 사단장에게 브리핑을 하는 대대장처럼 큰 소리로 씩씩하게 자기소개를 했다. 소개를 마친 그는 다른 손님들은 돌볼 생각도 않고 금아 선생 옆에 서서 선생이 차를 한 모금 마시면 곧바로 잔을 채워놓는 등 시중을 드는 것이었다.

글의 힘이 권력보다 더 크다는 것을 실감하는 순간이었다. 이 공손한 청년 미스터 박은 누가 그렇게 하라고 시켜서, 또 무엇을 바라고 금아 선생께 친절을 베푸는 것이 아니었다. 그야말로 마음 깊은 곳에서 우러나온 진심, 교과서에 나오는 글의 필자를 만난데 대한 놀라움과 기쁨, 오염되지 않은 존경심이 그를 움직인 것이다. 금아 선생에 대한 존경은 곧 그의 배움에 대한 존경심으로 봐야 한다.

그런데 그때 내 앞에 앉아 있던 사람이 금아 선생이 아니라 우리나라 최고 권력자인 공포의 전두환 대통령이었다고 상상해 보자. 벼슬이 더럽다 더럽다 하던 나도 그 날 만큼은 경주에서 온 미스터 박 못지않게 전 대통령에게 공손, 외경스런 태도를 취했을 것이다. 물론 대통령의 환심을 사려는, 마음에도 없는 헛말을 끝없이 늘어놓았을 것이고. 그날 나의 모든 행동은 존경심에서 우러나온 것이 아니라 이권을 노린 연극이었을 것이다. 요컨대 앞으로 "나도 떡고물이 있으면 좀 챙기게 할 수 있는 기회를 달라"는 부탁─. 말로는 아니다, 아니다 하지만 대부분의 사람들은 나와 마찬가지로 권력과 돈 앞에서는 일반적으로 겸손해지지 싶다.

"열흘 붉은 꽃이 없다(花無十日紅)는 속담이 있다. 앉았던 자리에서 털고 일어나면 그만인 것이 권력, 그러나 우리는 끊임없이 그 가까이 가려고 몸부림을 친다. 그래서 나는 오늘 같이 좋은 날씨에는 석간의 시를 이렇게 고쳐 쓰고 싶다.'봄 바람아 잘 가거라, 붙들 생각 없나나─. 산림 속에 오래 있어야 시비를 잊으리라 (春風好去無留意 久在山林忘是非)."

2008. 6.

간신과 충신

'간신'하면 '충신'이란 말이, '충신'하면 '간신'이란 말이 연상된다. 내가 가지고 있는 민중서관에서 펴낸 3000쪽이 넘는 『국어대사전』(우리말 사전인데도 국어큰사전이 아니고 국어대사전이다.)을 보면 간신(奸臣)이란 '간사한 신하'로, 충신(忠臣)이란 말은 '나라와 임금을 위하여 충성을 다하는 신하'로 짧게 나와 있다. 아무튼 두 단어 모두가 신하로서 임금에 대한 행동을 가리키고 있으니 봉건군주 전통사회에서나 적합한 말, 그러나 그 비유는 오늘의 현대 사회에서도 쉽사리 찾아 볼 수 있다.

간신에 대해서 책을 펴낸 최용범, 함규진님에 의하면 '무엇이 간신인가?' 하는 간신에 대한 정의는 소홀히 하고 '누가 간신인가?' 하는 데만 치중했다고 한다. 그들 주장은 보는 입장에 따라 같은 사람이 간신이 되고 충신도 된다는 말이다. 전통사회에서 임금을 감싼다고 반드시 충신이 아니며, 임금을 비판한다고 반드시 간신이 아니다. 역사상 유명했던 신하들치고 간신이라는 비난 한 번 들어보지 않은 사람이 어디 있을까?

간신의 예로 사람들 입에 가장 자주 오르내리는 사람은 조선 연산군 때의 임사홍일 게다. 임사홍은 연산군에게 그를 낳은 어머니 윤씨가 사약을 받고 억울하게 죽었다는 사실을 일러바쳤고, 이 이야기를 듣고 난 충격과 원한을 소화하지 못한 연산은 술과 여자에 빠지고 도에 넘친 복수극을 펼쳐 결국 나라 일을 그르쳤다. 그 때문에 임사홍은 희대의 간신으로 불린다.

　그런데 이렇게 한 번 생각해보자. 임사홍으로부터 자기 생모에 대한 비밀을 듣고 번민에 번민을 거듭하던 연산이 대오각성(大悟覺性), 해탈(解脫)의 경지에 이르러 복수는커녕, 신하와 백성을 더욱 더 사랑하여 끝내는 단군 이래의 성군(聖君)이 되었다 하자. 그렇다면 임사홍은 간신으로 불려야 할까? 간신이라는 말은 어디까지나 이긴 자[勝者] 편에서 규정한 말임을 잊어서는 안 된다. 간신으로 말하면 조선 7대 임금 세조가 임금이 되기 전 수양대군 시절 때보다 더 큰 간신이 있겠는가? 그러나 우리는 임금이 된 수양대군을 간신이라 부르지 않는다.

　2007년 11월에는 우리나라를 대표하는 큰 기업체 삼성에서 고위 간부로 있던 K변호사가 삼성에서 권력기관 사람들에게 현금으로 뇌물을 보냈다는 놀라운 사실을 폭로했다. 소위 양심선언을 한 것이다. 그런데 재미있는 것은 K씨가 몸 담았던 삼성이나 다른 몇몇 기업체에서는 K씨에 손가락질을, 폭로를 권한 사람들 측에서는 손뼉을 쳤다. K씨는 간신이라는 칭호와 정의의 투사라는 칭호를 함께 받게 된 것이다.

　그런데 이렇게 생각해보자. K씨의 폭로가 계기가 되어 앞으로 삼성기업이 사회의 의혹을 받을 만한 행위는 일체 삼가고 깨끗하고 건전한 기업을 해서 그 결과 사업이 더욱더 번창하고 국제 사회에서 신뢰와 존경을 받고 나라 경제가 더 윤택해진다면 K씨는 정의의 투사로 규정될 것이다. 반대로 K씨의 양심선언으로 삼성이 방향 감각을 잃고 표류하다가 결국 쓰러져 나라 경제가 궁핍해지고, 이 모든 것이 K씨의 폭로 때문이라고 한다면 그는 간신으로 규탄을 받을 것이 아닌가.

K씨가 '간신'이 되든 '충신'이 되든 걱정이 하나 있다. K씨는 법학을 전공한 변호사다. 한 단체의 이익을 위해 일하던 변호사까지 하루아침에 '양심선언'이랍시고 함께 일하던 동료들에게 등을 돌리면 앞으로 우리 사회의 신뢰는 어떻게 될까? 누구를 믿을까?

2007. 11.

유배(流配)

나는 옛일에 관한 책읽기를 좋아한다. 그 중에서도 조선시대에 살았던 선비나 예술인에 관한 이야기가 내게는 제일 인기다. 옛일에 관한 것을 좋아한다 하니 내가 역사에 대한 관심이 대단하다든지 선인(先人)들의 행적에 관한 무슨 툭 불거진 이론이라도 있어서 그런 것 같지마는 천만의 말씀, 그저 재미가 있어 읽는다.

몇 달 전에는 『유배』라는 제목을 단 조선 때 선비나 관리들의 귀양생활에 대해 쓴 책을 읽었다. 등장인물은 서예가요 금석학자인 추사(秋史) 김정희, 혁명적 사상가 삼봉(三峰) 정도전, 왕도정치를 꿈꾸던 정암(靜庵) 조광조, 시조시인 고산(孤山) 윤선도, 사상가요 저술가인 다산(茶山) 정약용, 사림파의 영수 한훤당(寒暄堂) 김굉필 등 당시 문필로 조선 팔도강산을 들먹이던 큰 선비들이 눈에 띄었다.

조선 시대에는 과거(科擧)를 통하지 않고는 높은 벼슬자리에 오르기가 어려웠기 때문에 이 『유배』에 등장하는 사람들 중에는 유난히 문명(文名)이 높거나 깨끗한 삶을 사는 선비라는 평판을 듣던 사람들이 많다. 이들 대부분은 뇌물을 받거나 부당한 이권에 손을 댄 죄로 감옥에 가는 오늘의 벼슬아치들과는 달리, 당파싸움에서 모략중상의 희생물이 되어 유배 길에 오르게 된 사람들 ― 말하자면 상소[맬] 한 번 잘못 올려서 고래 싸움에 새우등만 터지고만 선비들이 많다. 예로 고산 윤선도가 그렇다. 고산은 조선 중기의 문신이며 빼어난 문필가, 가사문학의 보배였다. 일찍이 성균관 유생의 자격으로 이이첨 등의 횡포를 상소했다가 함경도로 귀양 간 것으로 시작해서 거의 일생을 벽지의 유배지에서 보냈다.

『유배』의 저자 김민선님에 따르면 유배(流配)는 죄인을 멀리 귀양 보낸다는 말. '유'는 아주 먼 곳으로 보내 살게 한다는 뜻이며 '배'는 자유로이 활동할 수 없도록 어느 한 곳에 배속시킨다는 의미를 담고 있다 한다. 『조선왕조실록』에 나타난 유배지는 모두 408곳 정도. 이중 경상도가 81곳으로 가장 많고, 전라도는 74곳, 충청도는 70곳에 달한다 한다. 한편 유배 횟수로는 전라도가 915회로 가장 많은 수를 기록했으며, 경상도는 670회, 충청도는 그 절반가량인 320회. 유배지별 빈도로는 제주도와 거제도에 이어 진도, 흑산도, 해남, 강진, 영암, 순천, 고금도 순서라고 한다.

유배지에서 이 세상과 인연을 끊다시피 하며 보낸 십수 년 세월 동안 시(詩)나 학문, 예술에 마음을 붙여서 큰 발자취를 남긴 선비들이 많다. 예로 원교(圓嶠) 이광사는 23년간의 유배살이에서 민족 고유의 정서와 감성을 바탕으로 동국진체(東國眞體)라는 글씨체를 완성했으며 다산(茶山) 정약용은 전라남도 강진에서 14년간 유배 생활을 하며 수백 권이 넘는 불후의 명저들을 저술했다. 동생에 뒤질세라, 다산의 형 정약전 역시 흑산도에서 14년간 바닷바람에 시달리며 서남 해안에 서식하는 물고기와 해산물을 기록한 『자산어보(慈山魚譜)』라는 명저를 남겼다.

이들이 학문적, 예술적으로 눈부신 업적을 남길 수 있었던 것은 그들의 유배살이 때문이었다고 주장하는 사람들도 있다. 그러나 유배를 살다가 돌아온 사람들 중에는 유배살이의 공헌을 말하거나 기회가 있으면 그 유배 시절로 다시 돌아가고 싶다는 사람은 없는 것 같다. 물론 유배 생활이 없었어도 이런 큰 업적이 가능했을 것인가에 대해서는 알 수 없는 일이지만―. 그러나 이들이 남겨 놓은 기록을 보면 유배살이는 뼈를 깎는 외로움에 상상하기조차 힘든 열악한 물리적 환경 속에서 달을 보내고 해를 맞았음을 알 수 있다.

오늘날 감옥에 출입하는 고급 벼슬아치들과 정치인들은 조선시대의 관리들처럼 말[상소]을 잘 못 해서라기보다는 황금에 대한 욕심 때문에 판단력을 잃은 경우가 더 많을 것이다. 이들은 감옥에서 글을 쓰거나 예술 활동에 열중하기 보다는 자기들이 저지른 일에 대한 뉘우침 때문에 그런가 종교에 빠져드는 사람들이 많은 것 같다.

옛날과는 달리 오늘의 고급 벼슬아치나 정치인들은 재물에 욕심을 내다가 감옥을 가는 경우가 10배 20배로 늘어난 것 같다. 이걸 보면 어릴 때부터 무슨 격언처럼 자주 듣던 말, "서양은 물질문명, 동양은 정신문명"도 동양과 서양이 서로 자리바꿈을 하지 않았나 하는 의심이 들 때가 있다. 　　　　　　2008. 12.

말의 빛깔

　중국 북경대학 교수로 있으면서 파견근무로 한국 이화여자대학교에 2년간 있다가 자기 나라로 돌아가서 『한국쾌담』이라는 책을 펴낸 공경동(孔慶東) 교수에 의하면 중국에서는 공항을 노래한 대중가요가 없다고 한다. 우리나라와 일본에서는 영어의 airport라는 말을 그대로 옮긴 공항(空港)이라는 말을 쓰나 중국에서는 비행기가 앉고 뜨는 장소라는 뜻의 기장(機場)이란 말을 쓴다는 것. 한국은 공항이란 말을 일본에서 수입해 왔는데 일본은 섬나라로서 어항과 항구가 대단히 중요한 나라, 따라서 비행기가 착륙하는 것이 마치 바다에 나갔던 배가 항구로 돌아오는 것과 비슷하다고 생각하여 비행장을 '공항'으로 부르게 된 것 같다는 것이 공(孔) 교수의 주장이다.

　한편 넓은 영토를 가지고 있는 중국에서는 비행기가 뜨고 내리는 장소가 '운동장'이니 '사격장'이니 하는 하나의 광장에 불과한 것으로 생각하여 '기장'이란 단어를 쓴다는 것이다. 그래서 정든 사람을 보내는 손수건이 있고, 다시 만나는 웃음이 있는 우리 '공항'에는 그것을 주제로 한 대중가요도 몇 곡 있다.

이걸 보면 말이라는 것은 그 말을 쓰는 사람들의 생활체험을 떠나서는 있을 수 없다는 상식을 확인해 준다. 이 방면의 전문가들이 들었으면 나의 무식을 비웃었을지 모르지만 나 같은 문외한의 생각으로는 말의 뉘앙스(nuance)라는 것도 한 문화, 혹은 하위문화 구성원들 간에 되풀이 되는 생활체험의 차이에서 시작되는 것에 불과하다. 예로 '감사하다'와 '고맙다' '즐겁다' '기쁘다'가 그렇다. 우리말에 관한 책을 쓴 김경원, 김호철, 두 김씨 풀이에 의하면 '감사하다'와 '고맙다'의 차이는 한자와 우리말인 것 말고도 여럿 있다. 그 중의 하나는 감사의 대상이 인간이 아니라 조국, 자연, 강산, 신(神) 같은 초월적 존재일 때는 '감사하다', 대상이 자식이나 부하처럼 아랫사람일 경우 '고맙다'가 더 어울린다고 한다. '하나님 감사합니다'이지 '하나님 고맙습니다'가 아니고, 아들이나 딸에게는 '얘들아, 고맙다'이지 '얘들아, 감사하다'가 아니다.

'기쁘다'와 '즐겁다'도 마찬가지. '기쁘다 구주 오셨네'이지 '즐겁다 구주 오셨네'가 아니다. '즐거운 곳에서는 날 오라 하여도', '인생이 즐거워' 같이 감정이 비교적 오랜 시간 지속되는 것은 '즐겁다'가, '복권에 당첨돼서 기쁘다', '기뻐서 껑충껑충 뛴다', '기뻐서 눈물이 난다' 같이 시간적으로 그다지 오래 가지 않고 짧은 시간에 끝나는 감정은 '기쁘다'가 더 적합하다고 한다.

그런데 요사이 한국 신문을 보면 새로 만들어 낸 말들이 많다. 그런데 이들 대부분이 기억하기 쉽거나 예쁘게 들리는 말이라기보다는 당장 거부감이 오는 그런 국적 없는 말일 때가 많다. 예로 요사이 신문에 자주 오르는 '새터민'이 그렇다. '새터민'이란 '새로 삶의 터전을 일구고자 하는 사람들', 즉 탈북자(脫北者)를 말한다. '탈북자'라는 말은 북한체제에서 벗어난 사람들을 말한다. 그런데 '새터민'은 한국에서 캐나다로 이민해 온 사람들도 새터민이 아닐까. '탈북자'라는 말을 모두 그 의미를 잘 알고 있는 것을 왜 구태여 무슨 약(藥) 이름같이 들리는 단어를 만들어 퍼뜨리는지. 우리가 이미 오래 전부터 써온 친숙한 말을 버리고 구태여 새로 말을 만드는 것은 무슨 이유일까. '한강철교'라는 말을 '한수 쇠다리'라 하고 '대구(大邱)를 '큰 언덕'이라고 고쳐 불러본들 무슨 덕이 있을까? 한자어에 기반을 두고 있는 단어라 해도 우리가 이미 오랫동안 써 온 친숙한 단어를 지금 와서 우리말로 고쳐야 할 필요는 없지 싶다. '공항'을 두고 시작한 글이 잔소리가 되고 말았다.

2007. 11.

어떤 행운

몇 주 전 내가 자주 가는 토론토 D가(街)에 있는 S음식점 직원 S씨로부터 집으로 전화가 왔다. S음식점 마룻바닥에 떨어져 있는 내 지갑을 주워서 보관하고 있으니 와서 찾아가라는 내용이었다. 그때까지 지갑을 잃어버린지도 모르고 있던 이 멍청이! 이 지갑 속에는 운전면허, 건강보험, 시민증 등 내 '살림살이' 거의 전부가 300불이 넘는 현금과 함께 들어있었다.

웃음이 껄껄 나왔다. 우선 지갑을 찾은 다행스러움에 대한 기쁨의 표시였고, 지갑을 잃어버린 사실도 모르고 천하태평으로 있는 사람이 우습다는 아내의 조롱을 중화시키기 위한 수단이었다. 도대체 은퇴를 해서 밖에 나갈 일도 없는 사람이 지갑을 꺼낼 일이 어디 있는가.

지갑을 찾아가라는 전화가 오던 그 순간에는 일간지 〈토론토 스타(Toronto Star)〉에 난 다음과 같은 일화 한 토막에 관련된 칼럼을 읽고 있었다. 일화의 줄거리는 다음과 같다.

토론토 교향악단 바이올린 주자 한 사람이 시내 어느 버스 정거장에서 자기의 바이올린을 놓고 깜박 잊은 채 버스에 올랐다. 그런데 매일 그 정거장 근처를 돌아다니며 넝마를 주워 근근이 살아가는 어느 집 없는 여자가 그 놓고 간 바이올린을 자기 손수레에 싣고 가 버렸다. 한편 바이올린 주인은 자기 바이올린을 찾아주는 사람에게 사례금 1000불을 내놓겠다는 광고를 냈다. 우연히 이 광고를 보고, 또 넝마주이 아주머니가 바이올린을 손수레에 싣고 가는 것을 무심히 보고 기억해 둔 W라는 사람은 그 넝마주이를 찾아가서 돈 35불과 끼고 있던 값싼 반지 하나를 주고 그 바이올린을 찾았다. 그리고는 그 바이올린 주인에게 가서 악기를 돌려주고 광고에 약속한 1000불 사례금을 받아 그 돈으로 여행을 갔다. W씨는 100불도 안 되는 밑천을 들여 1000불의 이익을 올린 것이다.

그런데 그 사례금 1000불 이야기가 보도된 후 신문에는 그 바이올린 – 사례금 – 넝마주이와 관련된 독자 투고가 내가 읽은 것만 해도 7개나 되었고, 엊그제는 S씨에게서 전화가 올 때 읽고 있던 이 사례금에 대한 Fiorito씨의 칼럼까지 실렸다. 의견도 제각각이었지마는 대부분이 W씨를 나무라는 글이었다. 법적으로는 아무 문제가 되지 않지만 '얌체'짓을 했다는 것이다. W씨가 점잖은 사람이라면 그 넝마주이한테 가서 "바이올린 주인이 1000불 사례금을 약속하고 찾고 있으니 네가 바이올린을 가져가면 사례금을 받게 될 거다"고 일러주든지, 아니면 사례금을 받아서 서로 반반씩 나누자고 제안했어야 한다는 것이다.

처음에 W씨가 사례금을 받게 되었다는 기사가 났을 때는 잃어버린 바이올린을 찾게 된 재미있는 사건 위주로 소개되었던 것으로 기억한다. W씨는 사례금 1000불을 받아 라스베이거스로 여행을 떠날 것이라는 꿈같은 행운의 소식─. 그러나 시간이 지나며 나는 세상 사람들이 W씨에 대해서 어떻게 생각할까, 궁금증이 들었다. 넝마를 주워 생계를 이어가는 아주머니 같은 약자에게서도 이익을 뽑아내려는 W씨를 나약한 양심의 소유자로 볼까, 아니면 생존경쟁의 승리자로 볼까.

세상에 별별 사람이 다 있다. 남의 주머니에 있는 돈을 어떻게 하면 자기 주머니로 옮길 수 있을까 하는 생각에 골똘한 사람 A가 있는가 하면, 이 세상은 남들과 나누며 사는 세상이라며 남을 도와주지 못해 안달을 하는 사람 B가 있다. 세상이 A 같은 사람으로 득실거린다는 생각이 들 때는 겁이 덜컥 나고, 세상이 참 차갑다고 느껴진다. 그러나 B 같은 사람도 있다는 것을 생각하면 이 세상은 여름 날 구름 사이로 내리 쬐는 한줄기 햇살처럼 세상이 환해지고 훈훈한 바람이 불어오는 것이다.

S 식당의 직원 S씨는 오늘 나에게 세상은 B 같은 사람들로 가득차 있다는 것을 전화로 통보해 왔다.

2008. 4.

감옥

2007년 12월 7일자 〈한국일보〉에 2006년 현재 세계에서 인구 대비로 수감자가 가장 많은 나라는 미국이라는 기사가 실렸다. 국제인권단체는 2006년 말 기준으로 미 전역 교도소에 사상 최고치인 225만 명의 죄수가 수감되었다는 것이다.

기사는 이어 미국에서 죄를 지어 감옥에 수감되어 있는 사람은 지난 30년간 무려 5배가 증가했고 계속 증가하고 있다는 것. 이렇게 보면 미국이야말로 '감옥대국'이다. 좀더 구체적으로, 인구 10만 명 대비로 수감자를 보면 미국 = 751명, 프랑스 = 85명, 캐나다 = 107명, 영국 = 148명, 중국 = 119명으로 미국이 단연 최고다. 한국과 일본은 얼마인지 보고가 없었으나 모르긴 해도 한국은 중국보다는 낮고 일본보다는 높지 않을까 하는 생각이 든다.

왜 미국이 가장 높을까? 신문에 실린 설명은 세 가지다. 첫째 미국은 기독교 국가이기 때문에 옳고 그름의 기준이 엄격해서 그렇다는 이유다. 범죄 행위를 저지른 사람이 많아서 그렇다고 하면 간단한 일일 텐데, 옳고 그름이 엄격해 그렇다면 유교국가인 한국이나 일본은 옳고 그름이 엄격하지 않단 말인가? 사랑을 가장 많이 외치는 기독교 국가 미국이 2차 대전 후 오늘날까지 이 세상에서 가장 전쟁을 많이 한 나라라고 주장한 파워(Power) 씨의 말을 생각하면 이것은 믿음직한 설명이 못 된다는 생각이 든다.

두 번째 설명은 좀 더 그럴 듯하다. 즉 미국은 다른 인종, 다른 문화, 다른 종교를 가진 잡종들이 섞여 살기 때문에 범죄율이 높게 되어 그렇다는 것이다. 세 번째는 미국의 물질만능주의 때문이라고 한다. 그런데 물질문명이기 때문에 범죄가 늘어간다는 주장은 나에게는 논리적 연관이 분명치 않다.

나는 여기에 4번째 설명을 하나 보탰으면 좋겠다는 생각이 든다. 즉 미국은 이 지구상에서 가장 개인주의 사회이기 때문이라는 것이다. 우리는 어려서는 가정에서, 크면서는 가정과 사회에서 어떻게 행동하는 것이 올바른 행동인가 하는 행동 규범을 배운다. 그런데 미국같이 개인주의 사회가 아닌 집단주의 사회에서는 가족 내지 마을 공동체에서 개인에게 이래라 저래라 하는 간섭이랄까 행동 규범을 준수하라는 압력을 행사하는 경우가 많다. 극단적으로, 집단주의 사회에서는 '우리'라는 개념은 있어도 '나[我]'라는 개념은 없다. 아내도 '내 아내'가 아니고 '우리 마누라'다. 우리 가족이 중요하지 내가 더 중요한 것은 아니다. 이름을 봐도 리[李]동렬로 가족의 성(姓)이 먼저지 개인주의 사회처럼 동렬리(Dong Yul Lee)가 아니다. 그러니 집단주의 사회에서는 아주 어릴 때부터 가족 내지 같은 혈족, 마을 공동체의 보호 감독을 받는다.

그러나 개인주의 사회에서는 모든 것이 나[我]에 집중된다. 내가 무엇을 할까를 결정해야 하며 이 세상에서 나 말고 나를 돌보는 사람은 없다. 길에서 아이가 담배를 피워도 담배 피우는 아이가 책임질 일이지 내가 간섭할 일이 아니다. 그러나 집단주의 사회에서는 동네 아이가 담배를 피우는 것을 볼 때는 내 아이건 남의 아이건 상관없이 담배를 피우지 말라고 충고를 해도 큰 잘못은 아니다.

이런 개인주의 사회에서 자란 사람은 행동의 주인이 자기 말고는 없다. 누구의 충고를 듣거나 조언을 구하는 경우는 집단주의 사회에 비하면 턱 없이 적다. 그래서 개인주의 사회의 개인은 무척 고독하다. 2차 대전 후 오늘날까지 미국에서 우울증이 3배로 늘었다는 사실, 도시의 크기가 일본 동경과 비슷한 미국 뉴욕의 범죄율이 동경의 그것보다 25배가 많다는 것도 개인주의가 불러오는 고독감과 '해도 된다' '안 된다'를 결정하는 참조 체제가 없기 때문으로 볼 수 있다.

그런데 생각해 보면 미국 같은 사회가 왜 수감자 비율이 제일 높으냐 하는 데는 한두 가지 이유로 설명할 수 있는 게 아닐 것이다. 서로 얽히고설킨 수많은 원인들이 때와 장소에 따라 모습을 달리하고 나타나는 것이라고 생각하면 좋을 것이다.

이 지구상에 있는 어느 사회건 급속도로 개인주의로 옮겨가고 있는 것이 유행이고 추세라면 추세다. 한국도 예외는 아니다. 앞으로 몇 십 년이 지나면 한국의 범죄율도 늘면 늘지 줄어들지는 않을 것이다. 그렇게 되면 형무소를 더 짓든지 늘리느라 땅을 파헤치는 불도저 소리가 요란할 것이다.

2008. 3.

어느 미술 전시회에 다녀와서

나는 그림 재주가 없다. 중학교 때부터 미술 성적은 한번도 80 점을 넘어 보질 못했던 것 같다. 『동양 시화 산책』이라는 책을 낸 김종태님의 말을 빌리면 형태는 전할 수 있어도 마음은 전할 수 없는 것이 그림이라면 반대로 마음은 전할 수 있어도 형태는 전할 수 없는 것이 글씨, 그래서 이 둘은 서로 떼어놓을래야 떼어 놓을 수 없는 관계에 있기 때문에 서화일체라 한다는 것이다. 물론 이 말은 서양화보다는 동양화에 더 적합한 말이다.

나는 그림에 재능이 없기 때문에 서예가가 되려는 꿈을 일찌감치 포기해버렸다. 설령 그 꿈을 이루어 보려고 서예의 길로 들어섰다 해도 일류 서예가는 되지 못했을 것이니 진작 포기하기를 잘했다는 생각이 든다.

그러나 내가 그림을 못 그린다고 해서 그림에 관심이 없는 것은 아니다. 그림을 잘 그리는 사람들을 보면 '같은 사물을 보고도 어떻게 저 사람은 저렇게 묘사를 잘할까?' 무척 부러운 생각이 들 때가 많다. 지난 3월에는 내 스스로 자원해서 한인 미술가 협회 이사로 들어갔다. 이런 일에는 누가 옆에서 "들어와라, 들어와…" 하고 권하면 못이기는 척 끌려가듯이 들어가야 폼(form)이 나는 건대 나는 내 발로 엉금엉금 기어들어갔으니 무슨 이사니 무슨 회장이니 하는 사회적 인정을 찾아 헤매는 사람같이 되어 볼품없게 되고 말았다.

김종태님의 주장으로는 그림이란 때로는 사람의 마음을 유유하게 흘러가는 강물처럼 조용하게 안정시킬 수도 있고, 폭포처럼 힘차게 뒤흔들 수도 있으며, 조용한 음악을 듣는 듯 즐거울 수도 있고, 또 한적한 산중에서 들리는 종소리처럼 감각적으로 느끼게 할 수도 있다고 한다.

그림이란 사람의 마음을 비추어 물체를 그려내는 것이지만 더 중요한 것은 작가가 그 형상을 이룰 때 마음에 담은 정신이다. 그러니 그림 한 폭은 단순히 텅 빈 벽을 채우는 장식이 아니라 그 그림 속에 작가의 넓은 우주가 있고 철학과 사상이 깃들어 있는 것이다.

내가 1999년 6년 반을 서울 이화여대로 가 있게 되어 캐나다를 떠날 때 「우리의 소원은 통일」의 작곡가 안병원 선생이 내가 색소폰을 부는 그림 한 장을 그려서 작별 선물로 주셨다. 안병원 선생은 아마추어 화가. 그러나 그분이 나를 그릴 때 그가 본 이동렬이라는 사람에 대한 모든 것, 즉 그의 개성, 인상, 꿈, 인생 모두를 이 한 장의 캔버스(canvass) 위에 쏟아 놨다고 생각하면 단순히 색소폰 부는 사람을 그린 것으로만 생각할 수는 없는 것이다. 마치 범죄 수사에서 범인이 흘리고 간 별것 아닌 흔적이 수사의 결정적 단서가 될 때가 있듯이 한 폭의 그림을 그릴 때 작가는 그가 묘사할 대상에 대한 시각과 이해와 해석을 아니 남길래야 아니 남길 수가 없다.

지난 23일 캐나다 〈한국일보〉 도산 홀에서 한국미술가협회의 봄 전시회가 있었다. 이른 봄날 51명의 한인 화가들이 벌이는 봄맞이 잔치! 이 메마른 이민 풍토에 얼마나 정겹고 흥분되는 행사냐! 토론토 작가 42명, 밴쿠버 1명, 시카고 8명, 모두 51명의 한인 미술의 파수꾼들이 주인이었다. 이들 중에는 그림을 전업(專業)으로 하는 이도 있고, 그렇지 않은 이도 있을 것이다. 나는 전업 화가든 아니든 대중 앞에 내보일 하나의 작품을 완성했다는 것은 작가가 자기의 예술적 욕구를 마음껏 표현했다는 사실을 말해줌과 동시에 교민의 정서를 달래주는 큰 선물을 내놨다고 생각한다.

내가 그림에 별 이해도 없으면서 그림 전시장을 찾아가는 것은 내 정서가 나날이 메말라가는 것 같은 불안감 때문이다. 미술과 음악은 우리가 밟고 있는 대지를 풍성하게 해주는 숲이요 바람이다. 그 숲도 가꾸면 더욱 더 장성한다.

2009. 4.

숭례문

숭례문은 서울역 근처에 있는 속칭 남대문이다. 몇 주 전 남대문이 불에 타 없어졌다. 남대문의 본명은 숭례문(崇禮門), 그러나 사람들은 남대문, 서울－남대문이라 부른다.

남대문이 불에 타버렸다고 알카에다가 태백산에 불이나 지른 것처럼 온 나라가 시끄럽다. 그것도 그럴 것이 남대문이 값어치 있는 국보 제 1호라서 그런 게 아니라 우리는 남대문과 정(情)이 들었기 때문이다. 남대문은 일반 시민들에게는 개방되지 않고 있다가 L씨가 서울 시장으로 있을 때 문화재 당국의 반대를 무릅쓰고 일반에 개방했다고 한다. 국보 제 1호가 불타버렸다고 국민의 통분이 더하다.

그 후 L씨는 대통령이 되었기 때문에 언론에서는 누가 남대문을 개방했는가에 대해서는 입을 다물고 있다. 이럴 때야말로 몸조심해야 한다. 침묵은 금이라 했지 않았느냐. 만약 남대문을 노무현 대통령이 문화재 당국의 반대를 무릅쓰고 개방을 해서 불이 났다면 언론에서 입을 다물고 있었을까, 궁금한 생각이 든다.

남대문에 불이 났다는 소문이 퍼졌을 때 맨 첫 번째로 의심을 받은 사람은 노숙자들이었다. 가엾은 노숙자들. 집도 없이 길에서 잠을 자야 하는 것만 해도 원통한 인생인데 가난하다는 죄 하나로 방화범으로 의심 받으니—.

남대문은 숭례문(崇禮門)이라는 해서체 글씨가 세로로 쓰여 있다. 서울의 다른 대문과는 달리 현판을 세로로 쓴 이유는 서울 남쪽 관악산의 화기(火氣: 불기운)를 누르기 위한 것이라 전해진다. "나무 잘 타는 놈은 나무에서 떨어져 죽고, 헤엄 잘 치는 놈은 물에 빠져 죽는다"더니 건물도 그런가.

그런데 남대문 글씨는 누구의 글씨인지는 확실하지 않다. 다만 이수광의 『지봉유설』, 이긍익의 『연려실기술』에 태종의 맏아들 양녕대군의 글씨라고 기록되어 있다 한다. 그런데 이들도 양녕대군보다 3~4백년 뒤에 태어난 사람들이 아닌가.

남대문을 국민성금으로 짓던, 나랏돈으로 짓던 다시 복원하게 된다. 그런데 나에게는 새로 복원한 남대문이 문제다. 쥐라기 (Jurassic) 공원에 전시된 공룡 모형과 같을 복원된 남대문—. 사람 손때가 묻지 않은 문화재, 아직도 송진 냄새가 풀풀 나고, 여기저기 새로 자른 소나무 속살이 보이는 남대문, 이쯤 되면 남대문은 어느 백화점에서 사 온 조화(造花)지 생화(生花)는 아니요 얼린 생선이지 활어(活魚)는 아니다. 시조 시인 백수(白水) 정완영 선생은 말했다.

어느 사찰이나 고적을 찾아 갔을 때 거기 지켜 서 있는 탑이거나 비가 조금은 기울어져 있거나 금이 가 있어야 나는 비로소 그 탑이나 비에 애정의 눈길이 가는 버릇이 있다. 금시로 돌의 속살을 깎아내어 반듯하게 세워 놓은 탑이거나 비이고 보면 뻐꾸기 울음소리가 청태(靑苔)로 와 앉을 자리도 없거니와 세월의 비바람에 부대낀 흔적도 찾아 볼 수가 없기 때문이다.

우리의 국보 제 1호 남대문도 여느 석탑이나 비석과 다를 수는 없을 것이다. 남대문 문턱을 한 번도 넘어 본 적이 없고, 그 아래 기초가 된 돌 한 번 만져본 적도 없는데 왜 이렇게 남대문에 대한 생각이 오래 갈까? 정(情) 때문이다.

2008. 3.

5

돈과 행복

어느 영화배우의 죽음

유명 영화배우 C씨가 스스로 목숨을 끊었다. 온 나라가 국가원수(元首)의 초상이나 난 듯 난리다. 비교적 어린 나이에 영화계에 들어와서 빼어난 미모에 행실도 나무랄 데가 없고 자기 인상관리에도 철저하여 인기서열에서 둘째가라면 서러워 할 그가 돌연 자기 스스로 목숨을 끊었으니 뉴스 치고도 특종 뉴스감이다.

자기분야에서 크게 성공을 하고 부와 명예를 함께 누림은 물론 온 국민의 사랑과 부러움을 한 몸에 받던 그가 무슨 이유로 스스로 목숨을 끊었을까? 그의 자살 원인에 대한 억측은 수없이 많고 어지러우나 대략 다음 2가지로 묶어 볼 수 있겠다. 첫째는 C씨 안[內]에 있는 어떤 심리적 특성 때문에 자살을 했을 것이라는 내부적 요인을 강조하는 것이다. 예를 들면 "그는 본래 우울증 증세가 심했다" "자기의 인정욕구가 너무 컸다" "지나치게 소극적이다" 등이 이에 속한다.

둘째는 C씨의 내부보다는 C씨의 밖[外]에 있는 어떤 상황적 요소를 원인으로 지적하는 것이다. 예를 들면 "악풀이 그를 괴롭혔다" "사채놀이를 해서 늘 긴장 속에서 살았다" "돈 문제로 고민이 많았다" 등의 주장이 이에 속한다. 『생각의 지도』라는 좋은 책을 펴낸 니스벳(R. Nisbett)이라는 사회심리학자는 이 두 묶음의 설명을 각각 본성론과 상황론이라는 이름을 붙였다. 본성론은 C 씨 안에 있는 개인적 특성을, 상황론은 C씨 밖에 있는 외부적 요인들을 가리키는 말이다.

그런데 이 둘 중 어느 것이 맞고 어느 것이 틀린다는 말은 할수가 없다. 우리의 행동은 본성론이나 상황론에 속하는 요소 하나만이 행동을 유발하기보다는 외적, 내적 요소들이 서로 복합적으로 상호작용을 해서 행동을 유발하는 경우가 많다. 그러니 들어보면 두 설명 모두가 솔깃하게 들릴 때가 많은 것이다.

벌써 여러 해가 지났다. 미국 중동부 지역에 있는 I대학교 물리학 박사과정에 있던 중국인 학생 L씨는 우수논문 경쟁에서 입상하지 못한 데 불만을 품고 어느 날 자기의 지도 교수를 비롯한 여러 동료 학생들을 총으로 쏴 죽이고 자기도 자살을 하고 만 사건이 일어났다. 그런데 이 사건을 두고 신문에 발표된 원인이 미국과 중국 두 나라가 서로 달랐다. 미국 신문들은 주로 살인자 L씨의 내적 특성에 초점을 맞추었고 중국 신문은 상황적 요소들에 초점을 맞추었다. 일반적으로 상황론을 선호하는 사회의 중국 신문들은 만약 L씨가 합법적으로 흉기를 가지기가 까다로웠다거나 논문 우수상을 받았다면 이런 비극이 일어나지 않았을 것이라 했고, 본성론을 선호하는 사회의 미국 신문들은 사건의 원인이 오랜 시간에 걸쳐 형성된 C씨 내부적 특성이기 때문에 설사

상황이 달랐어도 비극은 일어났을 것이라는 주장이다.

미국 신문에 C씨의 마음씨가 편협하고 분노를 잘 삭이지 못해서 그런 끔찍한 일을 저지르고 말았다고 하는 것은 L씨가 중국 사람이기 때문에 인종차별을 해서 그런 것은 아닐까? 이 의문에 답을 할 수 있는 기회가 찾아왔다. 미국 미시건 주에서 L씨와 비슷한 총격 살인사건이 일어났는데 이번에는 범인이 미국계 백인 M씨였다. 이 사건에 관한 중국과 미국 신문에 난 기사를 L씨 때와 같은 방법으로 분석한 심리학자 모리스는 L씨 때와 같은 결론을 내렸다. 즉, M씨 행동의 원인을 추측하는 데 있어서 미국 신문들은 본성론을, 중국 신문들은 상황론을 강조했다는 것이다.

미국 남동부에 있는 조지아 주에서 한국인 2세 C씨가 자기 대학교 교정에서 뚜렷한 이유 없이 총기를 무차별 난사하여 20명 이상의 동료 학생들을 죽이고 자기도 죽은 끔찍한 사건이 세상을 떠들썩하게 한 적이 있다. 이 때 북미 신문에 발표된 원인들은 C씨가 '고독한 외톨이' '열등의식의 늪에 빠진 사회적 부적응아' 였음을 강조했으나 한국 신문들은 '총기 구입이 너무 쉬운 미국 사회' '2세의 문화적 갈등' '지나치게 공부만 강조하는 한국 문화' 등을 지적한 것으로 기억한다.

왜 같은 사건을 두고 그 사건의 원인을 추측하는 데 두 사회가 이렇게 서로 다를까? 세상만사를 바라보는 시각의 차이에 답이 있는 것 같다. 인지심리학자들의 말을 들어보면 서양은 이 세상에 일어나는 모든 현상은 따로따로 떨어져 개별적으로 존재하는 것으로 보았으나, 동양은 서로 연계가 되어 있는 것으로 보고 현상 간에 서로 상호작용을 강조한다고 한다. 고대 동양에서는 인간계에 일어나는 사건이 자연계와 우주 전체에 영향을 준다고 생각했다. 예로 농사철에 가뭄이 드는 것은 임금이 덕이 없어서다. 이러한 생각 속에서는 개인의 행동도 주위 환경에 영향을 받는 정도가 더 크다고 생각할 것이 아닌가.

C씨는 이제 이 세상 사람이 아니다. 왜 그가 자기 스스로 목숨을 끊었는지 아무도 모른다. 우울증 때문일 수도 있고, 소극적 성격, 악플, 경제적 고민, 사채놀이 아니면 다른 엉뚱한 이유 때문일 수도 있다. 아마 C씨 자신도 왜 그 길을 택해야 했는지 잘 모르고 갔을 것이다.

2008. 10.

봄 같지 않은 봄

정민 교수가 쓴 『한시 미학 산책』에 다음과 같은 이야기가 나온다. 한(漢) 나라 원제(元帝) 때의 궁녀 왕소군(王昭君)은 절세의 미녀였다. 원제는 궁녀가 많아 일일이 얼굴을 볼 수 없었음으로 화원(畵員)을 시켜 그들의 얼굴을 그려 바치게 하고는 그림을 보고 마음에 드는 궁녀를 낙점하였다. 요새 말로 하면 사진으로 서류심사를 했다는 말이다.

궁녀들은 당시 궁중 화원이었던 모연수라는 사람에게 뇌물을 주면서 자신의 얼굴을 예쁘게 그려 줄 것을 간청하였다. 그러나 도도했던 왕소군은 모연수에게 뇌물을 바치지 않았음으로 이에 모연수는 그녀의 얼굴을 추하게 그려 임금님께 보였다. 물론 그 결과 그녀에게는 한 번도 임금을 가까이서 모실 기회가 오질 않았다.

한 번은 한(漢)나라의 눈에 가시였던 흉노족의 왕이 한나라의 미녀를 왕비로 삼기를 청하므로 원제는 (못생긴) 왕소군을 그에게 보내주마고 약속하였다. 그런데 왕이 막 오랑캐 땅으로 떠나려는 왕소군을 만나보니 여러 궁녀들 가운데 으뜸가는 미인이 아닌가. 그녀가 모연수에게 뇌물을 주지 않아 추하게 그린 사실을 뒤늦게 안 왕은 격노하여 모연수를 사형에 처해버렸다. 마침내 그녀는 쓸쓸히 흉노 땅에 들어가 마음에도 없는 오랑캐 나라의 왕비가 되었다.

그녀의 슬픈 이야기는 많은 시인들의 가슴을 적셔 그 중에는 胡地無花草, 春來不似春(오랑캐 땅이라 화초가 없으니/ 봄이 와도 봄 같지가 않구나.) 같은 시구를 읊조린 시인도 나왔다. 마지막 구절 '봄이 와도 봄 같지가 않구나(春來不似春)'라는 말은 오늘날 유식을 뽐내는 사람이나 무식을 감추려는 사람들 입에 자주 오르내린다.

그런데 만일 내가 한(漢) 나라 임금이라면 모연수 화공의 초상화고 뭐고 다 집어치우고 바로 현지 심사로 들어갔을 것이다. 궁녀들을 한 줄로 세우고 간단한 수영복 심사를 한다 해도 궁녀 하나 심사하는데 60초면 될 것이니 1시간이면 60명, 하루 10시간만 심사하면 600명이 되는 게 아닌가.

현지 심사를 하면 시간은 좀 더 오래 걸릴지 모르지마는 초상화를 통한 서류 심사 같은 데서 오는 큰 오류는 피할 수 있는 것이다. 요즘 세상 같이 반들반들한 때에도 사진과 실물 사이에 차이가 커서 문제가 될 때가 많은데 하물며 초상화와 실물 차이가 오죽 클까. 우리 옛날을 잊었는가? 우리가 옛날 외국에 나가기가 하늘에 별 따기보다도 더 어렵던 시절, 미국이나 캐나다 같은 먼 나라에 와 있는 혼기에 있는 처녀 총각들과 한국에 있는 처녀 총각 간에 '소포 결혼'이라 불리는 과정을 통해서 짝을 맺는 경우가 있었다.

그 과정은 이렇다. 우선 사진과 편지를 몇 번 주고받은 후 두 사람들이 인연을 맺는 쪽으로 생각이 기울면 한국에 있는 '소포의 발신인'은 난생 처음으로 비행기를 타고 미국이나 캐나다 어느 도시 국제공항에 발을 디딘다. 한편 소포의 '수취인'이 되는 사람은 벅찬 가슴을 안고 공항에 마중을 나온다. 그런데 막상 짐을 끌고 나오는 사람이 사진과는 너무 동떨어진 '아니올시다'인 경우에는 '아니올시다'는 그 자리에 남겨 둔 채 '수취인'은 줄행랑을 쳐버리는 경우도 있다.

흉노 왕은 한(漢) 왕에게 왕비감을 부탁할 때 화원이 그린 왕소군의 초상화를 미리 받아 보았을까? 만일 오랑캐 왕이 초상화 심사를 거치지 않고 수레에서 내려오는 왕소군을 처음 만났으면 그의 미모에 기뻐서 돼지 10마리는 잡았을 것이고, 왕소군 초상화를 보고 난 후 수레에서 내리는 그녀를 보았다면 기대를 뛰어넘은 미모에 대한 기쁨 때문에 돼지 20마리는 잡았을 것이다.

사람이란 두 사람이 사랑에 빠져 여러 해 동안 데이트를 하고 속으로 '이 사람이면 틀림없을 게다…' 하는 자신감을 가지고 결혼을 한다 해도 세월이 가고 열정이 식으면 산다, 못산다, 티격태격 하는 경우가 있는 법. 한편 실물을 보지도 않고 결혼식을 올려도 평생을 소꿉놀이 하는 유치원생처럼 사이좋게 사는 사람들도 있지 않는가.

올해는 정말이지 봄이 와도 봄 같지 않은 봄이다. 온 세계에 불어 닥친 경제적 어려움이 불안을 넘어 공포감 속으로 우리를

몰아넣는다. 왕소군이야 낯선 오랑캐 땅에 끌려갔으니 봄이 와
도 봄 같지 않다는 탄식이 절로 나왔겠지만 우리들이야 이 살기
좋다는 나라에 와서 왜 이 걱정을 해야 하는가. 아무리 하늘에서
내린 것은 모두가 축복이라지만 세상에 이런 축복도 있는가, 이
따위 말장난 축복은 나는 언제고 "노 땡큐(No, thank you)"이다.

2009. 1.

돈과 행복

행복의 조건을 들어보라면 사람들은 우선 돈을 첫째 아니면 둘째로 꼽는다. 그러나 "돈으로 행복을 살 수는 없다"는 말에는 고개를 끄덕인다. 아마 어느 돈 많은 부호의 비극을 머리에 떠올린 모양이다.

행복이란 무엇인가? 그것은 삶 전체가 비교적 오랜 기간에 걸쳐 의미 있고, 충만하고, 만족스럽고, 즐거운 심리상태를 말한다. 그러니 "자장면을 오래간만에 먹으니 참 행복해요"나 "소주 한 잔이 들어가니 행복해요" 같은 말은 행복이란 말을 적절하게 쓰는 것이 아니다.

행복은 신체적, 정신적 건강 상태나 사회적 지위, 돈같이 객관적 기준으로 설명될 수 있는 것이 아니며 의사가 청진기를 대고 "너는 행복한 사람이다" "아니다"로 진단할 수 있는 성질도 아니다. 행복은 어디까지나 자신만이 진단할 수 있는 주관적인 것―. 술이나 마약으로 즐겁고 황홀한 마음 상태가 되는 것 같은 일시적인 행동변화가 아니요, 비교적 깊고 오래가는 삶 전체에 관한 심리 상태를 말한다.

토론토에서 발간되는 일간지 〈토론토 스타(Toronto Star)〉를 따르면 미국 사람들의 3분의 1이 '매우 행복하다'고 보고됐는데 이것은 그들의 물질적인 부(富)가 지금의 절반밖에 안 되던 1957년대와 같은 정도의 행복 수준이라 한다. 한 가지 눈 여겨 볼 것은 1950년대에 비해서 별장, 자동차, 요트의 소유 등 사람들의 부(富)는 배로 늘었지마는 행복감에는 조금도 변함이 없다는 사실이다.

누가 어느 정도 부자인가?에 관심이 큰 〈Forbes〉라는 잡지에 의하면 금전적 수입이 높은 것으로 이름이 드러난 부호 400명과 아프리카 대륙 동부지역에서 소와 양 같은 가축을 기르며 살아가는 Masai족과 느끼는 행복감에 있어서는 별 차이가 없다고 한다. 아시아 대륙에서 국민들의 평균 행복감이 가장 높은 나라는 일본이나 한국 같은 상대적으로 부유한 나라가 아니고 2008년 현재 심한 정치적 혼란과 경제적 어려움 속에 사는 필리핀이라는 것을 생각하면 미국부호나 아프리카 Masai족들의 행복감 수준은 비슷하다는 주장에 고개가 끄덕여진다.

그런데 행복과 부의 관계를 밝히는 데는 수입 한 가지만 놓고 보질 말고 빚을 뺀 순수 자산, 그리고 수입과 소비 습관 등 여러 가지 요소를 연결 지어 종합적으로 살펴봐야 한다. 또 행복이란 개념을 '충만하고 의미로운 삶' 같이 측정하기 어려운 영묘(靈妙)한 말로 정의하지 말고 '유쾌한 기분'이나 '어떤 특정 상황에서 그대로 더 있고 싶은 마음 상태' 같은 쉬운 말로 정의하면 전연 다른 모습이 전개된다는 주장이 있다.

미국 Princeton 대학의 심리학자들은 사람이 하루에 불쾌한 사건을 경험했거나, 어느 특정 상황에서 벗어나고 싶거나, 혹은 불쾌한 기분에 휘말린 시간을 측정하는 U-지수(U-index)라는 것을 생각해냈다. U-지수에서 높은 자리를 차지하는 것은 직장 일, 출퇴근, 집안 일, 그리고 아이들 돌보는 일 등이었고, 낮은 자리를 차지하는 것은 놀이, 운동, 섹스, 외식, 책 읽기와 산책이었다. 그러니 U-지수가 낮으면 낮을수록 행복감은 큰 것으로 해석된다.

연수입이 3만 불 이하인 사람들은 연수입이 10만 불 이상인 고소득자들에 비해서 50% 더 많은 시간을 U-지수가 높은 상황, 다시 말하면 불쾌한 상황 속에 있었다. 돈이 있으면 유쾌한 경험을 할 수 있는 시간을 마련 할 수 있는 좋은 점이 있다는 것이다. 그러니 애당초 이 글머리에서 나왔던 돈으로 행복을 살 수 없다는 말이 돈과 행복과의 관계를 나타내는 말도 틀린 것은 아니나 꼭 맞는 말이라고도 할 수 없다.

사회과학자들이 돈과 시간을 써가며 행복에 관한 연구를 해도 그 관계는 잡힐 듯, 잡힐 듯하면서도 잡히지는 않는다. 그러나 우리는 본능적으로 한 가지 사실, 즉 돈이 많은 것이 돈이 없는 것보다는 낫다는 것은 알고 있다.

2008. 4.

간섭

우리는 1999년 가을부터 2006년 봄까지 6년 반을 한국에 나가서 사는 동안 주거지역 때문에 여러 번 '괄시'를 받았다. 우리가 살던 동네는 강서구 등촌동, 성산대교로 한강을 건너 김포공항 가는 길로 들어서면 백제시대 때 봉화(烽火)를 올리던 산이라 해서 봉제산이라는 이름이 붙은 나지막한 산을 빙 둘러싸고 있는 조그마한 동네이다.

봉제산은 아카시아 꽃이 피는 산. 초여름 아파트 창문을 열면 그 은은하고도 정숙한 아카시아 꽃 향기가 코를 찌른다. 돈 냄새가 물씬 풍기는 강남의 서초동이나 청담동 같은 데와는 달리, 여름철 해질 무렵이면 골목에 동네 아이들이 우르르 몰려다니는, 두드러지게 잘 산다고 뽐내는 사람도 없는 그저 그렇고 그런 동네. 한 가지 재미있는 것은 이화여대에서 내가 가르치던 학부과목에 등록을 한 100명이 넘는 학생들 중에 주소란에 등촌동으로 적은 학생은 한 사람도 없는, 어느 학부형의 말을 빌리면 "그런 데 살다가는 딸 시집보낼 때 문제가 되는" 그런 가엾은 동네-.

조금 전에 말한 '괄시'의 핵심은 "이런 가난한 동네에 사는 이동렬!" 이란 말로 요약될 수 있다. 하루는 아내로부터 우스개 소리 같은 참말을 듣고 배꼽을 쥔 일이 있다. 이야기인즉 아내가 자기 고등학교 친구 대여섯을 점심에 초대한 적이 있었는데 그때 온 친구 하나가 하는 말이 우리 집 점심에 오기로 한 날 자기 집 가정부 아주머니가 아침 식사를 상(床)이 그득하게 차려놨더라는 것. "아이, 아짐마. 내가 아침 안 먹는 줄 알면서 왜 이렇게 진수성찬을 차렸수?" 하고 물었더니 아주머니 대답하여 가로되, "오늘 점심은 등촌동에 초대를 받았다면서요, '그런 동네'에 뭘 먹을 게 있겠어요?" 등촌동 사람들이 이 말을 들었으면 분해서 잠을 못 이루었을 것이다. 그러나 생각해보면 이 아주머니는 자기의 등촌동에 대한 편견을 나타냈다기보다는 당시의 사회풍조를 대변한 것으로 봐야 한다.

우리는 '그런 동네'에서 6년 반을 연명하다가 은퇴를 하고 캐나다에 와서 산 지가 3년이 되었다. 우리가 사는 콘도미니엄 옆으로 강과 숲을 따라 너비 2미터 정도로 포장된 산책길이 50여 리나 뻗쳐있다. 아래 집 H씨 부부, 앞집 C씨 부부, 우리 부부 이렇게 여섯이서 아침 저녁 이 길을 메운다.

그런데 우리가 사는 동네는 인도 사람들이 대부분이다. 인도 사람들은 집 밖으로 나와서 산책이나 운동 같은 것을 즐기는 편이 아니라고 한다. 이 말이 맞는 말인가, 이 좋은 산책길이 종일 텅텅 비어 있는 경우가 대부분이다. 그나마 산책하는 사람이라야 소수의 백인을 제외하고는 인도 사람이나 까무잡잡한 유색인종이 대부분이다. 아무도 없다 보니 산책길은 우리 차지. 가끔 "두만강 푸른 물에 노 젓는 뱃사공"도 목청껏 뽑아보고 큰 소리로 떠들며 걷는다. 독재자 전두환 대통령 전용도로가 별것인가!

그런데 지난 3년간 아침 저녁 산책 중에 다섯 번은 넘게 우리에게 시비성 참견이랄까 귀찮게 구는 사람은 모두 그 드물게 지나가는 백인들이었다는 것은 무척 흥미로운 사실이다. 그 간섭이란 자전거를 타고 가는 백인들 중에 불쾌한 표정으로 "오른쪽으로 걸어라"는 퉁명스런 말을 던지고 우리 옆을 휘익 지나가 버리는 것이다. "찌르릉" 경고도 없으니 실례를 한 것은 자기들인데 우리 보고 오른쪽으로 걷지 않는다고 성화를 내다니―. 교통순경에게 2번이나 물어봤으나 그들의 대답은 한결같이 그런 규칙은 없는 것으로 안다는 대답이다.

우리가 인도 사람 동네에 사는 것을 진심으로 걱정해주는 친구들도 많다. "그런데 살다가는 집값 떨어지니 거기서 빠져 나오라"는 충고도 있었다. 한국에서 들은 '그런 동네' 생각이 났다. 백인 동네에 산다는 것이 퍽 자랑스럽다는 생각이 드는 모양이다. 그러나 다 그렇다는 말은 아니지만 남보고 '이래라 저래라' 하거나 파티를 하고 있는데 옆집 사람이 문을 두드리며 조용해 달라고 하는 것은 지나친 자기 권리 주장 내지 주인의식에서 나온 것일 때가 많다는 생각이 든다. 흥겨운 파티가 진행되고 있는 줄 알면서도 그걸 못 참고 시끄러우니 조용해 달라고 하는 것은 파티를 하는 측에서 예의를 잃었다고도 볼 수 있지마는 조용해 달라고 문을 두드리는 측에서 인내심을 잃고 지나치게 자기 권리를 주장한다는 말이다.

1966년 내가 유학을 오던 해였던가, 캐나다 어느 이민관이 폴란드에서 이민으로 입국하는 12살 난 소녀에게 "임신한 적이 있느냐?(Have you ever been pregnant ?)"고 물어서 화제가 된 적이 있다. 해도 되는데 안 하는 게 더 좋은 경우를 아는 것도 지혜요 교양이 아닐까.

백인 동네에 살면서 조심, 조심, "내가 한국 사람인데 이 사람들 앞에 부끄러운 행동을 보여서는 안 된다"는 조바심, 이제는 이것도 저것도 다 귀찮다. 이렇게 말을 하고 보니 "그 동네에서 빠져 나오라"고 충고를 하던 친구가 어떻게 생각할까? 70 나이에 집값 안 떨어지는 데로 이사를 가야 하나?

2009. 4.

나를 해치는 부정적 정보

나에게 불리한 말, 이를테면 "왜 그렇게 정직하지 못하냐?" "너는 계산에는 빵점이야!" "말귀도 못 알아듣는 바보" 등 내 자아(自我)를 위협하는 부정적 정보를 들었다면 어떻게 할까? 이런 경우 "나는 그렇지 않다"고 항의하는 사람이 있는가 하면 얼굴이 붉어지는 사람, 대수롭지 않은 듯 빙그레 웃기만 하는 사람, 반응은 각양각색일 것이다. 한 사람이 상황에서 취하는 반응도 상대방이 누구냐와 주위 상황에 따라 다르다. 그러나 한 가지 공통점은 이런 부정적인 정보를 듣는 사람 기분이 좋지는 않다는 것이다.

우리는 부정적 정보, 나의 자아를 위협하는 정보를 피하기 위해서 나름대로 여러 가지 복잡한 책략을 쓴다. 이 글에서는 그 책략 몇 가지를 살펴보고자 한다. 첫째 우리는 사회생활을 할 때 가급적 긍정적 정보가 많고 부정적 정보는 적은 상황에 있기를 좋아한다. 이 목적을 달성하는 데는 친구가 제일이다. 어쩔 수 없이 부정적 정보와 마주쳐야 할 경우는 부정적 정보를 덜 부정적으로 만들어버리는 기제(機制)가 발동된다. 이런 기제야 말로 내 자아(自我)를 위협하는 냉혹한 현실에서 나를 보호해 주는 역할을 하는 것이다.

우리는 사회생활을 할 때 좀처럼 해서는 자발적으로 부정적 정보를 제공하지 않는다. 지나가는 사람을 붙들고 "아저씨, 넥타이 색깔이 너무 야합니다"나 "입 냄새가 나요" 등 부정적인 정보를 주지 않는다. 부정적 정보를 꼭 주어야 할 경우는 될 수 있는 대로 완곡하게 표현하거나 애매모호한 말로 얼버무려버리는 것이 상례다. '나는 이런 사람이요' 하고 남에게 자기가 누구인가를 넌지시 알림으로써 자기에 대한 부정적 정보의 부정 정보를 낮추려 들 때도 있다. 예로 가슴에 '국회의원' '평통위원' '민주당원' '한나라당 지지자' 임을 알리는 배지(badge)를 다는 것이다.

가까운 친구들과 어울리면서 자기에 대한 긍정적 정보를 많이 받는 것은 두말할 것도 없이 부정적 정보를 피해가는 한 방법이다. 유유상종(類類相從)이란 말이 있듯이 자기와 재력, 학력, 사회적 지위, 태도나 배경이 비슷한 사람을 친구로 만들면 자기의 생각이나 태도가 옳다는 긍정적 정보를 받을 확률이 더 높아지는 것이다. Tesser라는 심리학자의 주장을 따르면 친구를 사귀는데도 자기가 생각하는 핵심과제에서는 자기보다 좀 못하지만 자기의 핵심과제가 아닌 주변적인 과제에서는 자기와 같거나 자기보다 더 나은 사람을 친구로 갖는다고 한다. 이렇게 함으로써 자기 핵심과제가 아닌 주변적 과제에서는 상대방이 우수하다는 것을 인정하면서도 자기의 우수성을 그대로 보존할 수가 있다는 것이다.

살다 보면 어떤 부정적 정보는 피할래야 피할 수도 없고 그것도 꽤 자주 일어나는 경우가 있다. 이런 경우 자기의 약점을 솔직하게 받아들여 '내가 잘 못 하는 일'에 대한 목록을 만들어 이를 공포하는 것도 한 가지 방법이다. '나는 노래에는 입도 뻥긋 못하는 음치' '나는 숫자라면 벌벌 긴다' '나는 운동 신경이 본래 두꺼비' 등 능력이 없는 분야를 공포(公布)함으로써 자기 재능을 테스트 받는 실제 상황을 미리 피할 수 있지 않은가. 또한 이렇게 '내가 잘못하는 일'을 공개함으로써 내가 잘하는 다른 분야의 신뢰도를 더 높이려는 책략일 때도 있다. 물론 내가 능력이 없다고 생각하는 것은 그다지 중요하지 않은 것으로 합리화 해버리는 행동은 눈에 자주 띄는 기본이다. 예로, 내가 그림에 대한 재능이 없다고 생각하는 사람은 그림 그리는 것은 나에게 별로 중요하지 않다고 합리화 해버리는 것이다.

직장을 잃었다든지 배우자에게 버림을 받은 경우는 부정적 정보를 줄이기도, 외면하기도 퍽 어렵다. 이 경우는 그 사람의 긍정적 면에만 집중조명을 하거나, 그 전에 일어났던 사태의 부정적 면을 강조함으로써 그 사람의 자존심을 보호해준다. 이 경우 친구의 위로나 격려는 말할 수 없이 큰 역할을 하는 것이다.

결론으로 우리는 우리의 자아를 위협하는 부정적 정보에서 오는 나쁜 영향을 막기 위해서 여러 가지 의도적, 무의도적 책략을 쓴다. 일반적으로 사람들과 어울리는데 있어서 규범과 책략은 나에 대한 긍정적인 것은 높여주고, 부정적인 정보는 줄여주는 쪽으로 한다. 이것은 예수나 석가 공자 같은 성현이나 나 같은 속인(俗人)이나 마찬가지일 것이다.

2009. 6.

왼손잡이 잡설

왼쪽[左]이라는 말은 부정적 의미를 가지고 있다. '좌익'이라고 하면 공산주의 사상을 지지하는 말로, '좌파'라고 하면 반대 구호나 일삼고, 생트집만 잡으려는 말썽꾸러기[trouble-maker]로 생각하는 사람들이 많다.

불란서말로 왼쪽은 gauche. 아둔하거나 세련되지 못했다는 말이고, 라틴말로 sinister는 마귀가 씌웠거나 재수가 없다는 말이라고 한다. 그런데 조선 때의 정부 조직을 보면 우의정→좌의정→영의정 순서로 우의정 보다는 좌의정이 더 높다. 왜 좌의정이 더 높은지 나는 모른다.

내가 잘못 알고 있나, 묘소에 가 보면 더 아리송 해지는 것이 하나 있다. 예로 합장(合葬)을 한 홍길동 부부 묘소에 가보자. '남양홍공길동지묘(南陽洪公吉童之墓)'라고 쓰여있고 그 부인은 '유인양천허씨부좌(孺人陽川許氏附左)'라고 홍길동 씨 왼편에 누워 있다고 적혀 있다. 홍길동이든 세종대왕이든 그들의 사모님들은 항상 남편 왼편에 모시는 게 관례인 모양이다. 정부 조직으로 말하면 사모님이 더 높다는 말이 아닌가?

동물들은 왼손잡이 오른손잡이가 없다고 한다. 예로 침판지 (Chimpanzee)는 일의 성질에 따라 왼손, 혹은 오른손을 마음대로 골라 쓴다. 이를테면 호두를 까먹을 때는 왼손, 개미를 잡을 때는 오른손… 이런 식이다.

왼손잡이에 대해서는 이렇다 저렇다 얘기가 많다. 왼손잡이는 말더듬이가 많다, 동성애자가 많다, 실독증(失讀症)이 많다는 등, 별의별 이야기가 다 있다. 그러나 엄밀한 과학적 연구 결과로는 전혀 믿을 것이 못 되는 이야기들이라고 한다.

대부분의 이런 주장은 연구 방법의 제한 때문에 생긴 것임을 말해둔다. 우리 주위의 여러 현상은 서로 연관되지 않은 것은 거의 없다. 예로 지능이나 성격, 키, 몸무게, 성적, 월수입, 혈압 등 아무 변인이나 긁어 모아서 서로 상호 상관을 내면 그 중 서로 아무 통계적으로 상관이 없는 것은 드물다. 왼손잡이가 이렇고 저런 특징을 가졌다는 주장도 이런 따위의 상관연구에서 나온 결과가 대부분임은 물론 그 상관의 크기도 아주 작다는 것을 지적해 둔다.

이와 비슷하게 왼손잡이는 생각하는 것이 빠르기 때문에 유명한 음악가, 수학자, 건축가, 예술가 중에 왼손잡이가 많다고 주장한다. 아인슈타인(Einstein), 다빈치(da Vinci), 미켈란젤로 (Michelangelo), 피카소(Picasso), 그리고 미국의 지저분한 바람둥이 대통령 클린턴(Clinton) 모두가 왼손잡이라는 것을 주장의 보조 자료로 내놓는다. 그런데 같은 수의 정신박약아들이 왼손잡이라는 연구 보고가 있다고 하면 왼손잡이는 생각이 빠르지 못하기 때문에 정신박약아들이 많다는 주장도 나올 수 있는 것이 아닌가. 지난 30년 동안 66%의 미국 대통령이 왼손잡이였다고 한다. 이 사실만 놓고 보면 유명 정치인들은 왼손잡이라는 주장에 귀가 솔깃할 것이다. 그러나 같은 기간 중 캐나다 수상 중에는 왼손잡이가 한 사람도 없었다. 잘못하면 우리는 한쪽 주장만 듣고 판결을 내릴 뻔 했다.

왜 어떤 사람은 왼손잡이가 될까? 이에 대해서는 설(說)이 많다. 설이 많다는 것은 아직 그것에 대해서 모른다는 말이다. 임신 때 자궁에 남성 호르몬이 너무 많아서 그렇다는 설, 출산할 때의 어려움 때문에 그렇다는 설등 무수하다. 그런데 2007년에 오랫동안 있으리라 짐작되었으나 찾지 못했던 LRRTM인가 하는 유전인자를 영국 옥스퍼드 대학교의 연구팀이 발견했다 한다.

그런데 한 15년 전에 코렌(S. Coren)이라는 심리학자는 우연히 나이가 먹을수록 왼손잡이가 줄어든다는 사실을 발견했다. 즉 5000명이 넘는 그의 연구대상에서 왼손잡이들은 10살박이에서는 14%나 되었으나 50살에서는 5%, 80살에서는 1% 미만이었다는 것이다. 어릴 때 왼손 말고 오른손을 쓰라는 주위의 압력 때문에 그렇다고 생각할 수도 있다. 그렇다면 옛날보다 왼손잡이를 훨씬 허용하는 요즘 세대의 어린이들은 왼손잡이가 더 많을 것이 아닌가? 그러나 미국과 구라파에서 오는 보고를 보면 왼손잡이는 6~10%밖에 늘지 않았다 한다.

코렌 교수가 보고한 더 놀라운 사실은 왼손잡이가 오른손잡이

보다 평균 8~9년 더 일찍 죽는다는 것이다. 이 때문에 그는 욕도 많이 먹고 어딜 가나 비난의 대상이 되었다.

코렌의 발표 후 다른 사람들이 그의 연구를 되풀이해 봐도 같은 연구 결과를 얻지 못했다. 사회과학이란 이래서 재미있고 짜증나기도 한다. 자연과학처럼 한두 번의 연구로 사실, 혹은 사실 아닌 것으로 규명되는 것이 아니라는 것을 알면 그 결과에 대한 해석도 그만큼 여유가 있게 되는 것이다.

2008. 3.

화나게 하지 마시오

우리가 제 정신이 아닐 정도로 미친 듯 화를 내고 폭발하는 경우는 어떤 때일까? 시험에 떨어졌을 때? 애인을 빼앗겼을 때? 남에게 오해를 받을 때? 소중한 물건을 잃어버렸을 때? 따귀를 한 대 맞았을 때? 불공평한 일을 당했을 때?

화를 내는 이유는 사람마다 다 다르다. 그러나 일생에 화를 한 번도 안 낸 사람은 없을 것이다. 화가 나도 사회적으로 용납되는 길로, 화를 다스리는 것이 곧 세상 사는 법을 배우는 것이 아니겠는가. 많은 경우 화를 낼만한 구체적 이유가 있겠으나 뚜렷한 이유 없이 화를 내는 경우도 있다. 이런 경우, 화를 내지 말았어야 하는데 화를 내고 말았다는 사실에 또 화를 내는 때가 많다. 내 경우, '내가 수양(修養)이 안 된 사람이구나'는 생각이 가장 절실하게 나는 경우가 바로 이런 경우이다.

내 생각으로 우리가 화를 내는 정도가 가장 클 때는 우리의 자존심이 위협을 받거나 수모를 당했을 때라고 생각한다. "독도는 우리 땅이 아니다"라는 말을 듣고 이성을 잃을 정도의 화를 내는 사람은 별로 많지 않을 것이다. 그러나 "너는 사기꾼이야"는 말을 듣고 화를 내지 않는 사람은 없을 것이다.

2007년 5월 중순 토론토 신문에는 31살의 청년 S가 21살의 이웃에 사는 처녀를 죽인 사건에 대한 재판 기사가 있었다. 살인의 혐의를 쓴 S의 진술에 의하면 애당초 그 처녀를 죽일 생각은 손톱만큼도 없었는데 처녀가 S에게 자꾸만 "너는 낙오자, 패배자 [loser]"라고 조롱하는 데 격분, 화가 나서 처녀의 목을 조르고 머리를 땅에 처박다 보니 살인까지 이르렀다는 것이다. 처녀는 S의 자존심을 칼로 찌른 것이다.

말할 것도 없이 남의 자존심에 상처를 내기 가장 쉬운 방법은 상대방을 조롱하거나 비하(卑下)하는 것이다. 남의 조롱을 받고 비웃음과 멸시의 대상이 되어도 이것을 아는지 모르는지 천연스런 표정으로 가만히 있는 사람을 보면 성인(聖人)이 아니면 매우 비겁한 사람이라는 생각이 든다. 화가 났어도 상대방이 너무 크거나 주위 여건 때문에 화를 내지 못하는 경우, 나중에 안전한 곳에 돌아와서 엉뚱한 환경에다 화풀이를 하는 "종로에서 뺨 맞고 한강에 가서 눈 흘기는" 못난 짓을 할 때가 있다. 어릴 적부터 화를 내고 싶어도 밖으로는 표현하지 못하는 환경에서 자란 사람들 중에는 바로 앞에서 생글생글, "네" "네" 복종, 화합의 태도를 보이나 뒤돌아서는 온갖 다른 꼼수를 동원해서 협조 내지 복종을 하지 않고 저항하는 이중적인 성격이 가끔 눈에 띈다.

2009년 4월 5일, 미국 뉴욕주 빙햄턴(Binghamton)이라는 도시에서 20여 년 전에 미국으로 이민 온 41살 되는 윙이라는 사람은 직업 없이 우울한 나날을 보내던 중 자기 영어가 형편없다는 조롱에 격분, 총을 가지고 와서 14명을 쏴 죽이고 26명을 부상 시킨 사건이 있었다. 자존심의 상처는 이처럼 큰 불행을 낳을 수도 있는 것. 남에게 뺨을 맞았을 때는 신체적으로 아파서 우는 것이 아니라 상처 받은 자존심이 서러워 우는, 그러니까 마음이 아파서 우는 것이다. 옛날 대감집 종이 주인 양반이 자기의 자존심에 너무 큰 상처를 냈을 때 이것이 촉발제가 되어 이성을 잃고 주인을 살해하고 마는 경우도 있었지 않는가.

국가도 개인과 마찬가지. 2009년 4월 북한이 은하 2호 로켓 발사를 하겠다고 했을 때 미국이나 일본에서는 온갖 외교 수단을 동원해서 이를 막으려고 애썼다. 만약 북한이 미사일을 발사하면 로켓을 공중에서 폭파해 버리겠다느니 경제적 제제를 하겠다느니 별별 으름장을 다 놓았다. 이 때 텔레비전을 통해서 본 평양 시내에 나붙은 포스터 내용이 퍽 재미있었다. "우리 자존심을 건드리는 자 너 어디에 있든 결판을 낼 것이다."

남의 자존심을 건드리지 않는 것은 썩 좋은 대인관계 기술이다. 이것이 곧 인격이요 교양이 아닌가. 옛날 충신들이 왕의 미움을 사서 쫓겨나는 많은 이유 중의 하나는 빈번한 충고로 왕의 자존심을 건드렸기 때문이다. 아무리 마음속 깊은 곳에서 우러나온 충정 어린 충고라 해도 자꾸 되풀이 하면 충고가 아니라 비난으로 들리기 십상인 것이다.

"지렁이도 밟으면 꿈틀 한다"는 속담이 있다. 아무리 순한 사람이라도 비위를 건드리면 화를 낸다는 뜻이다.　　　　2009. 4.

부동산

우리나라 사람들의 땅에 대한 집념은 정상으로 봐주기는 힘들 정도로 심한 것 같다. 주로 농사를 짓고 살아 왔기 때문에 땅에 대한 애착이 유난히 크고, 집단주의 사회였기 때문에 형, 동생, 삼촌, 사촌…등 핏줄로 맺어진 씨족사회에서 아침, 저녁 얼굴을 대하던 정(情)든 사람들과 멀리 떨어져 살기를 싫어해서 그런 것 같다.

밭 갈고 씨 뿌리는 일이 생활 수단이었기 때문에 우리에게는 농토 = 땅 = 재산이라는 생각이 강하다. 그런데 우리 역사를 보면 땅(농토) 때문에 역사에 좋은, 혹은 나쁜 이름을 남긴 사람들이 많다. 그 중에서 생각나는 사람은 고려 말의 신돈과 조선 건국 당시의 정도전이다.

고려 말 요승(妖僧)으로 알려진 신돈은 옥천사 중으로 있었는데 김명원이란 사람의 추천으로 공민왕의 측근이 되어 왕의 두터운 신임을 얻었다. 그러나 그는 본래 하잘 것 없는 한미한 집안 출신이었으니 '잘 먹고 잘 사는' 사람들에 대한 선망이나 원한이 왜 없었을까.

그는 권력을 잡자 왕의 측근이라는 힘을 빌려 당시 부자들이 가난한 사람들로부터 빼앗은 땅을 다시 그 주인에게 돌려주는 토지개혁을 하여 백성들의 영웅이 되었다. 나중에는 그가 권세욕에 취하고 여색에 빠져 비리와 횡포를 일삼다가 그를 미워하던 당시 집권세력의 고발로 역적으로 몰려 죽임을 당하였다.

그런데 사가(史家)들의 말을 빌리면 후에 조선을 세운 이성계 등이 조선 건국의 합리성을 찾느라 신돈 같은 사람을 요승으로 몰아 공민왕과 신돈이 함께 나라 일을 그르친 것으로 몰아붙였기 때문에 신돈의 비행은 부풀려 기록되었다고 한다.

신돈 다음은 삼봉(三峰) 정도전이다. 이성계가 조선을 세울 때 그의 혁명동지로서 건국이념의 사상적 주춧돌을 놓은 그는 토지개혁을 해서 일반 백성의 칭찬을 받았다. 그 역시 신돈과 마찬가지로 가난하고 하잘것없는 집안에서 태어났기 때문에 억눌려 지내던 백성들의 설움을 누구보다도 더 잘 알았다. 토지개혁을 함으로써 정도전의 꿈이 실현된 것이다. 그러나 이성계의 조선은 나라를 연 지 100년이 채 못돼서 그를 도와 혁명을 일으켰던 사람들이 일반 백성의 땅을 가로채 재산 늘이기에 바빴다. 고려를 멸망시키고 새 나라를 세운 명분과 어긋나는 일이었다.

신돈과 정도전이 토지개혁을 단행하여 백성들의 갈채를 받은 지 500년이 넘는 세월이 흘렀다. 단군이 아사달에 도읍을 정하기 전부터 농사를 지으며 살아왔던 그 농토 위로 불도저가 붕붕거리며 땅을 뒤집고 구덩이를 파면 부동산(不動産)이라 불리는

30, 40층 고층 건물이 들어선다. 이 땅의 현대인들은 지위가 높고 낮음을 막론하고 그 부동산 한 귀퉁이를 차지하려고 기를 쓴다.

올해 대통령에 당선된 L씨는 어릴 때 부동산이 그리 많지 않은 가정에서 태어난 사람으로 안다. 그러나 지금 그는 실로 막대한 규모의 부동산을 갖고 있는 기득권의 기득권 세력 안에 있다. 올챙이 적 시절을 생각해서 마음만이라도 가난한 사람들 편에 서 있으면 얼마나 든든할까. 그러나 L씨는 그의 과거를 잊고 싶은 것 같다. 또한 이번에 L씨가 임명한 새 정부의 장관 후보들을 보면 더더욱 그런 생각이 든다. 그들은 내 귀를 의심할 정도로 많은 천문학적 단위의 부동산을 소유하고 있다. 이들을 보니 5, 6년 전 C씨 생각이 난다.

C씨는 국무총리에 임명되었다가 몇 년 전에 땅 200평인가를 사둔 것이 말썽이 되어 인준이 되지 못했다. 이번에 대통령 L씨가 임명한 새 정부의 장관들을 보니 C씨의 몇 백배, 몇 천배, 만배가 넘는 부동산을 산 사람들이다.

언젠가 사라예보(Sarajevo) 교육부 장관이 한 말이 생각난다.

"사람을 하나 죽이면 감옥에 넣는다. 사람을 20명 정도 죽이면 정신병자로 인정되어 정신병원으로 간다. 사람을 20만 정도 죽였을 때는 제네바 평화 협정에 초대된다."

이 말을 들으면 부동산 투기라는 것도 사라예보 교육부 장관이 한 말과 마찬가지인 것 같다. 불공평한 세상인 줄은 알았지만 이렇게 불공평할 줄이야.

2008. 3.

자기도취

심리학은 물리학이나 철학 같은 다른 학문에 비해서 나이가 퍽 젊다. 심리학은 배부른 나라에서나 하는 학문, 배고픈 나라에서는 심리학 없이도 사는 데는 아무 지장이 없다. 그러니 심리학이라는 학문을 발전시킨 나라는 단연코 미국이다. 미국 심리학이 세계 심리학에 끼치는 영향을 알아 본 조사에 의하면 심리학의 분야에 따라 다르지만 대략 90~99.7%에 이른다는 보고가 있다. 미국 야구가 세계 야구에 끼친 영향과 비슷하다 할까.

지금부터 116년 전, 그러니까 1892년에 불과 12명의 심리학자들로 시작한 미국심리학회[APA: American Psychological Association]는 2008년 현재 16만명이 넘는 회원을 가진 거대한 학회가 되었다. APA 안에 포함되어 있는 분과, 다시 말하면 심리학 종류도 내가 캐나다에 유학을 왔던 1966년에는 20개를 넘지 못했는데 지금은 40여 개가 넘는 분과를 가진 큰 단체가 되었다.

APA의 분과 제 16은 상담심리, 제 17은 임상심리이다. 상담심리는 비교적 일시적인 마음의 고통을, 임상심리는 정도가 좀 심한 고통을 받는 사람들을 위해 태어난 학문분야. 그러나 요새 와서는 두 분야 사이의 경계가 점점 모호해지고 있다.

그런데 이렇게 서로 팔짱을 끼고 있다시피 나란히 서 있는 학문적 이웃끼리 사이가 다정할까? 반드시 그런 것은 아닌 것 같다. 연관이 많은 인접 학문분야에 몸담고 있는 학자들 간에 서로 티격태격, 으르렁대는 경우도 적지 않다는 말이다.

예로, 정신치료 서비스를 근간으로 하는 임상심리학과 정신의학 간에 서비스를 받는 수혜자(受惠者)를 사이에 놓고 APA(미국심리학회)와 AMA(미국의학회) 간에 법정투쟁으로까지 번질뻔한 적이 있었다. 문제의 핵심은 누가 더 많이 가져가느냐 하는 밥그릇 싸움. 그러나 때마침 미국 정부에서 방대한 규모의 사회사업 정책으로 거의 무한정에 가까운 재정적 지원을 하게 됨에 따라 두 팀은 모두 제자리로 돌아갔다. 돈이 무궁무진 널려있는 판국에 고객에 대한 서비스 문제로 정력을 낭비할 필요가 어디 있겠느냐가 그 이유. 그러니 정부의 재정적 지원 크기에 따라 APA와 AMA는 서로 가까워지기도 하고 멀어지기도 했다.

다 그렇다는 말은 아니지만 내 생각으로는 글 쓰는 서생(書生)들은 통이 크고 시원시원한 사람들이 되질 못하는 것 같다. 이에 비해서 단순해 보이지마는 운동을 하는 스포츠맨들은 훨씬 더 시원시원하고 사나이다운 생각을 하는 사람들이 많다. 예로, 운동하는 사람들은 대체로 또래 선수의 운동 능력에 대한 칭찬을 아끼지 않는다. 시합에서 자기가 이겨도 상대가 보통 실력이 아닌 고수(高手)였음을 치켜세운다. 왜 그럴까, 다음을 생각하면 이 뒤에 엄청난 계산이 깔려 있음을 알 수 있다. 예로, 운동선수 K씨가 또래 선수 P씨를 A⁺급 선수라고 칭찬했다고 가정해보자. 그러면 A⁺선수 P씨에게 졌다는 사실이 그다지 부끄러울 것은 없다. 이번에는 그 반대로 P씨를 이겼다고 가정해보자. 그러면 A⁺선수인 P씨를 이긴 K씨는 더 우수한 선수가 아닌가. 즉 상대를 칭찬했을 때 나에게 떨어지는 부수입이 더 크다는 말, 그야말로 이래도 이기고, 저래도 이기는, 영어로는 윈-윈(win-win) 상황이다. 글을 쓰는 사람들이나 예술을 하는 사람들은 이런 고등 '계산'을 하기에는 마음이 너무 조급한 것 같다.

소갈머리 없기는 붓대를 놀리는 서생(書生)뿐 아니라 음악이나 미술을 하는 예술인들도 마찬가지인 것 같다. 이들 분야에 남아 있기에 절대 필요한 요소의 하나는 자기도취ㅡ. 소위 글쟁이로 알려진 사람들이나 노래를 부르는 가수들이 다른 또래 글쟁이나 가수들의 전문적 능력을 칭찬하는 것을 들어본 적이 있는가? 아마 드물 것이다.

K형이 나에게 들려 준 얘기가 생각난다. K형은 몇 달 전 한국에 한 달 넘게 다녀왔는데 수필가인 O씨를 만나서 자기가 좋아하는 M씨의 수필을 칭찬했더니 아무 말 없이 듣기만 해서 속으로 이상한 생각이 들더라는 것이다. 내 추측으로 K씨는 소위 글을 쓰는 사람이나 노래를 부르는 가수들을 대할 때 조심해야 할 점, 즉 그들 앞에서 다른 또래 글쟁이나 가수들의 능력에 대해 지나친 칭찬을 피하는 게 좋다는 것을 잊어버린 것 같다.

글을 쓰거나 노래를 부르는 사람들은 모두 '제 잘난 맛에 사는'

자기도취에 빠진 사람들, 내 눈에 있는 대들보보다는 남의 눈에 든 티끌을 더 잘 보는 사람들이다. 자기도취에 빠지는 멋없이 무슨 재미로 노래를 부르고 글을 쓰겠는가.

심리학 얘기에서 시작해서 글 쓰거나 노래 부르는 사람들 얘기로 끝났다.

2008. 12.

눈물

몇 주 전 미국 심리학회[APA: American Psychological Association] 연차대회가 토론토에서 열렸다. APA는 회원이 17만 명이나 되고 회원 대부분이 심리학을 전공한 사람들로 1년에 한 번씩 모이는 초(超) 대형학회. 뉴욕, LA, 시카고, 애틀랜타 등 미국의 큰 도시를 돌아가며 열리다가 20여 년 전부터는 캐나다의 몬트리올과 토론토에서도 열린다.

APA 토론토 학회에 참석하기 위해서 멀리 한국 E 대학 교수 Y씨, 내가 E 대학에 있을 때 내게서 논문지도를 받던 학생 셋, 이렇게 네 명이 날짜와 도착 시간이 제 각기 다르게 왔다. 공항을 다녀온 횟수가 모두 여덟 번이니 공항 가까이 사는 덕을 톡톡히 본 셈이다. 20년 전까지만 해도 한국에서 온 사람은 눈에 띄지 않았는데 이번 토론토 학회에는 내가 알기만도 10명이 넘는 대학원 학생들이 왔으니 세상이 변해도 많이 변했다.

그런데 앞의 4사람들은 내가 은퇴를 하고 나서도 오늘까지 서로 안부를 묻고 지내 온 각별한 사이였기 때문에 학회가 열리는 동안은 다람쥐 쳇바퀴 돌아가듯 단조롭던 생활 리듬이 이들을 '대접'하느라 태풍이 한바탕 휩쓸고 지나간 것처럼 어지러워졌다. 그러나 보고 싶던 사람들 만나는 것처럼 더 기쁜 일이 세상에 어디 흔할까. 학회가 열리는 며칠 동안은 바쁘면서도 즐거운 나날을 보냈다. 뉴욕이나 몬트리올에 비하면 토론토는 자동차로 한 시간 반 거리에 있는 나이아가라 폭포를 빼면 볼거리라고는 별로 없는 하나의 '거대한 면 소재지'라는 것이 내 생각. 이 생각은 서울 손님들이 오르고 내릴 때마다 떠나질 않았다.

그 중 Y와 L은 박사과정을 마치고 이제 막 국립대학교 교수가 된 신진 사류(士類)로 소위 떠오르는 별들─. 자기들은 국립대학교 교수라는 프라이드가 하늘을 찌르고도 남을 것이나 내 눈에는 어디까지나 내 강의를 듣고 시험을 치던 학생 Y, 학생 L이었다. 학회가 끝나자 교수 Y씨는 미국으로, L은 서울로, K는 박사과정 공부를 계속 하러 미국으로 뿔뿔이 흩어지고 Y만 남게 되었다. 하루는 혼자 남은 Y와 함께 우리가 사는 콘도미니엄에서 자동차로 10분 거리에 있는 글렌데일(Glendale) 공동묘지라는 데를 갔다. 2년 전에 마련해 둔 우리 부부 묘(墓) 자리를 보여주기 위해서다. 내가 묻힐 묘자리가 Y교수에게 무슨 흥미가 있겠는가.

APA 학회는 미국 대도시 몇몇을 돌아가며 열리는 행사, 적어도 10년 만에 한번은 토론토 차례가 올 것이다. 앞으로 Y, L, K 같은 사람들이 APA 토론토 학회에 오게 되면 공항에서 자동차로 15분 거리에 말 없이 누워있는 나를 보러 올 것이라는 야무진 꿈을 꾼 것이다.

그런데 나는 이런 생각을 감추고 시치미를 뚝 떼고 의연한 자세로 있을 수 있는 바위 같이 듬직한 위인은 결코 못 되는 촐랑이. "나중에 Y교수가 토론토에 올 기회가 있으면 꽃이나 한 송이 들고 나를 찾아오면 얼마나 반갑겠노!" 하면서 부탁인지 탄식인지 알 수 없는 아리송한 말만 늘어놓았다. 또 옆에 있던 아내는 "이 공동묘지에 들어서면 저기 저 콘크리트 십자가만 찾으면 우리 자리를 쉽게 찾을 수 있어요"하며 지원사격을 한다. 묘소 참배객 하나를 유치하기 위한 눈물겨운 부부합동 캠페인이다. 그랬더니 Y교수는 그만 "흑" 하고 울음을 터뜨리는 게 아닌가.

나를 스승이라고 알고 이 먼데까지 찾아 온 정의(情誼)만 생각해도 어쩔 줄 모르게 고마워 할 일인데, 땅 밑에 엎드려 있는 녀석을 제발 한 번 찾아와 달라고 애걸하는 요구가 너무 가엾어서 떨군 눈물이었을까, 아니면 내가 저 세상으로 가고 난 경우를 생각해서 흘리는 눈물이었을까. 한 세상 살아가는데 돈보다 더 소중한 것이 정(情)이고 정보다 더 소중한 것은 눈물이라고 한 어느 시인의 말은 처음 들어보는 말은 아니다. 무덤 속에 있을 때 한 번 와 달라는 나의 소꿉장난하는 아이들 같은 부탁이나 그 말을 들은 Y교수가 보인 눈물은 아직 우리에게는 순정이 조금은 남아 있다는 증거가 아니겠는가.

그날 저녁 소파에 누워 묘지 다녀온 일을 생각하니 조선 제 10대 임금 연산군이 지었다는 시구가 생각났다.

人生如草露　會者不多時

인생은 풀잎에 맺힌 이슬 같아서 만날 날은 많지 않을 것

신봉승님에 의하면 연산군이 임금 자리에서 쫓겨나기 전날 밤,
연인 장록수와 술을 마시며 이 노래를 읊으며 눈물을 흘렸다고
한다. 세월은 가도 시는 남는 것이다.

2009. 9.

융통성

내 생각에는 북미대륙 사람들은 한국 사람들에 비해서 너그러울 때도 많지마는 융통성이 없다고 할까 앞뒤가 꽉 막힌 행동을 할 때가 더 많은 것 같다.

벌써 5, 6년이 지났다. 한국에 7년 가까이 나가 사는 동안 잠시 캐나다를 다녀가는 길에 밴쿠버 H호텔 식당에서 여권, 비행기표, 신용카드, 현금이 든 가방을 도난당한 적이 있다. 범인은 우리 부부를 오래 전부터 노리고 있었던 것 같다.

우리는 새로 여권을 내느라 3일 밤을 호텔에 묵여있어야 했다. 그런데 여권 심사를 맡은 여직원이 어찌나 깐깐하게 구는지 내가 고혈압 환자였으면 큰일이 날 뻔했다. 문제의 핵심은 보증인 세 사람과 그들의 전화번호를 대라는 것이다. 여행 중에 있는 사람이 아는 사람들의 전화번호를 어떻게 댄단 말인가? 전화번호를 겨우 찾아냈더니 그 세 사람들에게 일일이 전화로 확인을 해야 한다는 것이었다. 물론 나를 보증해 줄 사람들은 그때 여행 중이거나 골프장에 있었을 것이다. 그러니 전화 연결이 되는 보증인 셋을 얻기란 여간 힘든 일이 아니었다. 어처구니없게도 이 여직원은 보증인 둘이 아니라 셋을 고집하는 게 아닌가! 그 때문에 세 사람 모두에게서 전화가 올 때까지 기다리느라 어느덧 세 밤이 지난 것이다.

나는 이 직원이 "네 친구와 직접 통화를 해야지 친구 부인은 안 된다"는 실로 융통성 없는 결정에는 할 말을 잃고 말았다. 사무소 벽에는 큰 글자로 '큰 소리 치면 쫓겨남'이라는 경고가 붙어 있으니 이러지도 저러지도 못하겠고─. 여직원에게 잘 보여 '난국을 타개' 하려는 비굴한 행동만 늘었다. 나중에는 나의 이 비굴함에 대한 창피한 마음 때문에 또 울화가 치밀어 얼굴만 검붉게 되었다.

인지심리학자 니스벳(R. Nisbett)이라는 사람은 『사고(思考)의 지도』라는 책에서 동양과 서양의 두 문화권의 사고방식이 다르다는 것을 말하면서 다음과 같은 사례를 소개했다.

사례 : 지난 15년 동안은 업무수행이 좋았으나 지난해에는 실적이 만족스럽지 못한 직원A가 있다. 앞으로도 A가 만족스러울 정도로 개선할 가망이 보이지 않는다. 그의 나이나 이전 업무 수행 능력과는 상관없이 현재 수행능력만 보고 A를 해고해야 하는가, 아니면 그냥 남겨두어야 하는가?

니스벳을 따르면 한국 사람들은 20%가, 미국 사람들은 75%가 해고에 찬성을 표시했다고 한다. 왜 이렇게 큰 차이가 날까? 니스벳을 따르면 희랍철학의 영향을 받아 논리적 분석을 중요시하는 미국 같은 문화권의 사람들은 특별한 사례로 취급해야 하는 것이 마땅한 상황임에도 보편주의와 같은 추상적인 원리를 그대로 적용하는 버릇이 많다고 한다. 그러므로 특수 상황임을 생각하지 않고 무조건 원리대로 결정하기 때문에 A의 나이나 가족상황 등 여러 가지 개인적인 사정은 무시해버리는 객관적인 심사규정을 드러낸다는 것이다. 예외를 두는 것은 형평성에 어긋나거나 비도덕적 심사로 보일 수도 있다는 말이다.

반대로 동양적인 시각으로 보면 모든 사례에 똑 같은 규정을 적용하는 것은 고지식하고 잘못된 일이라는 것이다. 동양문화에서는 공동체와 더불어 사는 조화를 중시하고 세부 상황을 고려하도록 권장한다고 한다.

내가 니스벳의 보고처럼 동양과 서양의 생각의 차이가 있다는 사실만 생각했어도 여권 사무소에서 그렇게까지 내 숨소리가 거칠어지지는 않았을 것이다. 그러고 보면 그때 여권 사무소에서 니스벳의 주장을 떠올리지 못한 나나 내 여권 심사를 맡은 그 직원이나 꽉 막히기는 별로 다를 게 없다는 생각이 든다.

2008. 3.

6

생사가
덧없더라

개와 사람

2008년 7월 어느 날, 아침 신문 〈Toronto Star〉를 뒤적이다 가 가슴이 찡해오는 기사 하나가 눈에 띄었다. 미국 콜로라도 주 덴버라는 도시에서 동북쪽으로 500리쯤 떨어진 어느 한적한 평 원(平原)에서 있었던 일이다. 권총 자살을 한 주인 옆에서 독일 종 셰퍼드(German shepherd) 한 마리가 6주 동안이나 자기 주인의 시 체를 지켰다는 이야기.

Cash라는 이름을 가진 이 개[犬]는 전문가들의 말을 빌리면 죽 은 주인 옆에서 여우나 늑대 등의 산짐승들이 주인의 시체를 범 (犯)하지 못하도록 경계, 보호하고 있었다는 것. 주인의 시신이 발견될 당시 Cash는 엄청난 탈수증에다가 굶주림으로 기운이 없 어 비틀거렸다는 데 들쥐나 토끼 같은 작은 짐승들을 사냥하며 42일간을 버텼을 것이라고 추정했다.

스스로 목숨을 끊은 사람은 부인과 2살 난 아들을 둔 25살의 목축업자. 찾고 있던 동료 한 사람이 우연히 Cash와 마주치게 되었는데 Cash는 동료를 보자 끙끙거리며 어떤 의사 전달을 하려는 행동을 해 보이기에 심상치 않게 여긴 동료가 주위 초원을 뒤진 결과 자살한 주인의 시체를 발견했다는 것이다.

한 마리의 개 이야기에 지나지 않지마는 가슴 뭉클해 오는 감동이다. 꼬집어 말하기는 어렵지마는 사람보다 낫다는 막연한 생각도 들었다. 어릴 때 어딜 갔다 오다가 술에 취해 주인이 쓰러져 잠들어 있는 풀밭에 불이 났는데도 이것을 모르고 쓰러져 잠을 자고 있는 주인을 보고 자기 몸을 물에 적셔서 점점 가까이 오는 불을 꺼서 주인을 구하고 자기는 지쳐서 그 옆에서 쓰러져 죽어 있더라는 이야기는 들었다. 그러나 주인이 술에 취해서 쓰러져 자는데 어디서 어떻게 불이 났으며 또 물은 어디에 있었기에 개가 자기 몸에 묻은 물로 불을 껐을까, 아무리 동화라 해도 너무 꾸며낸 이야기 같아 믿기질 않았다.

그런데 우리는 사람답지 못한 행동을 하는 사람을 보면 '개 새끼'니 '개××'니 하는 욕을 서슴지 않는다. 개편에서 보면 천부당만부당 하신 말씀. 개는 주인밖에 모른다. 일편단심 주인의 쓰다듬과 사랑을 기다리며 산다. 자기 주인이 가난하든 부자든, 덕이 많은 사람이든 덕이 적은 사람이든 상관하지 않는다. 실컷 주인에게서 야단을 맞고도 주인이 오라고 하면 꼬리를 살래살래 저으며 좋아라 온다. 비굴하다.

개가 인간과 가장 가까운 동물인 것도 개의 천성인 충성심이랄까 복종 때문이요 '개새끼'로 멸시를 받는 것도 바로 이 주인에 대한 지나친 충성심 때문이 아닐까? 만일 개도 화가 나서 주인 말을 안 듣기도 한다고 하면 사람에게서 좀 더 존경을 받을 수 있게 되지 않을까? 너무 얻으려고 애쓰면 오히려 잃어버리고 마는 것은 하늘이 정한 이치. 가장 사랑 받는 대상에게서 사랑과 모욕을 함께 받는 것은 지나친 충성 욕구가 빚어낸 비극인 것 같다.

몇 주 전 개[犬]나 새, 작은 물고기 같은 애완용 동물을 파는 상점에서 큰 유리 상자 안에 조그만 강아지들을 보았다. 어떤 녀석들은 잠을 자고 어떤 녀석들은 옆에 있는 강아지를 놀자고 집적거린다. 모두들 심심해서 못 견디는 표정이라 안쓰러웠다. 그런데 녀석들의 가격도 가계와 순종, 잡종에 따라 엄청난 차이가 있었다. 여기에 변인(變因)을 하나 더 보태서 주인에 대한 충성심 내지 복종 정도에 따라 값이 달라진다고 생각해 보자. 독재자는 반 독재자보다 돈을 더 주고라도 복종심이 많은 개를 택할까? 아니다. 내 생각으로는 독재자건 개인의 자유와 독립성을 하늘같이 신봉하는 반(反) 독재자건 모두가 돈을 더 주고라도 충성심이 높은 개를 택할 것이다. 사람은 누구나 자기 말을 거스르지 않고 말 잘 듣는 사람을 좋아하기 때문에―. 자기 마음대로 주위 환경을 조종[control] 하고 있다고 생각할 때 사람은 가장 큰 안정감을 느끼지 않는가.

2008. 10.

설일(雪日)

　눈이 내린다. 온 천지가 순식간에 하얀 명주로 덮어 놓은 것처럼 변해 버렸다. 기상청에서는 앞으로 30㎝의 눈이 더 내릴 것이니 집 밖으로 될 수 있는 대로 나돌아 다니지 말라는 친절한 경고가 잇달아 나온다. 그러나 나는 눈이 오면 기분이 좋다. 이 세상에서 눈[雪] 싫어하는 사람이 어디 그리 흔할까.

　콘도미니엄 14층에서 창밖으로 저 까마득한 공중에서 나풀나풀 내려오는 광경을 지켜보고 있노라면 세상이 아름다워도 이렇게 아름다울 수가 있을까 새삼 찬사를 보낸다. 눈[雪]은 나의 과거를, 청춘을 내 앞에 쓸어다 부어 놓고 간다. 젊은 시절의 회상이 왜 이렇게 해가 갈수록 늘어갈까? 늙어가면 다 그렇게 되는 자연 현상이겠지. 가슴을 치는 회한(悔恨)이야 지금 와서 어쩌란 말이냐. 이제는 숙명으로 돌릴 수밖에 없다. 꿈 많고, 사랑 많고, 눈물 많던 그 시절로 돌아가자. 애당초 그들은 그 자리에 그대로 있었는데 나만 변한 것뿐인데—.

　눈이 오는 날은 공연히 어디고 훌쩍 떠나고 싶다. 오늘 같이 길을 나서기가 위험한 날은 더욱 더 그렇다. 마치 중·고등학교 시절, 학기말 시험 때가 되면 시험에는 관계가 없는 소설이나 만화 같은 허드레 책이 더 읽고 싶은 것처럼ㅡ. 어딜 가고 싶다는 것도 물리적 자유보다도 마음의 자유를 좀 더 누리고 싶다는 욕심의 표현이 아닐까.

『시인 일기』라는 책을 읽다가 눈에 띈 어느 여류 시인의 노래가 내 가슴을 친다.

> 바람에 꽃잎 날리듯
> 그렇게 날고 싶을 때가 있다
> 그렇게 아름답게
> 사라지고 싶을 때가 있다
> 사랑한다, 사랑한다 한없이 속삭여 놓고
> 돌아서고 싶을 때가 있다
> 한 번쯤은 누구나가
> 그렇게 떠나고 싶을 때가 있다
> ……

변덕과 공상에는 남자와 여자가 다를 게 없다는 것은 위의 시(詩)에서 볼 수 있다. 우리가 사람이기 때문에 그렇다. 사람이기 때문에 우리는 외로움을 느끼고, 돌아서고, 그리워하고, 안타까워하는 게 아닌가. 이와 비슷한 사랑의 변덕은 내가 좋아하는 대중가요 손석우 작사 박시춘 작곡의 「청춘 고백」에서도 찾아 볼 수 있다. 이번에는 더 노골적이다.

헤어지면 그리웁고/ 만나보면 시들하고/ 몹쓸 것 이내 심사/
믿는다 믿어라 변치말자/ 누가 먼저 말 했던가/ ……
좋다 할 때 뿌리치고 / 싫다 할 때 달겨드는 / 모를 것 이 내 마음
봉오리 꺾어서 울려놓고……

　텔레비전 단추를 누르니 어느 흑백 영화에서 감옥을 탈출하여
도망 다니는 탈옥수 이야기가 한창이다. 주연배우는 젊은 시절
내가 좋아하던 커크 더글라스(Kirk Douglas). 애당초 무슨 이유로
감옥에 가게 되었는지는 모르지만 탈출을 결심한 것은 훨훨 새처
럼 마음대로 날아가고 싶어서 그랬을 것이다.
　어느덧 밤이 되었다. 창밖을 내다보니 눈[雪]이 벌써 한 뼘이
넘게 쌓인 것 같다. 문득 40년 넘은 습관대로 내일 아침 출근 걱
정이 번개처럼 스쳐갔으나, 그와 동시에 이제는 출근 필요가 없
다는 생각이 들자 씩 안도의 웃음이 나왔다. 출근은 고사하고 나
는 이제 가야 할 곳도 없지 않느냐. 순간 마음 한 구석이 텅 비는
것 같고 애처로운 생각이 들었다. 아까 그 도망 다니던 탈옥수
나오는 영화나 마저 볼까.

2009. 1.

아버지의 설움

　서울에 있는 어느 상담소에서 초등학교 4~6학년 학생들을 대
상으로 실시한 질문지 조사를 따르면 '아빠에 불만'을 가진 학생
들이 75퍼센트에 이른다고 한다. 이것은 '엄마에 대한 불만'(69퍼
센트)보다 많은 수치이다. 아빠 엄마 둘 중 누구를 더 좋아하느냐
는 질문에는 반이 넘는 학생들이 엄마를 더 좋아한다고 대답했
다.

　호기심으로 한국에서 발간되는 수필 전문지 3종 중에서 지난
2년 동안 아버지에 대해 쓴 수필이 얼마나 되는가 찾아봤더니 고
작 6편밖에 되질 않았다. 그러나 어머니에 대한 수필은 아버지의
4배가 넘는 28편이 되질 않는가!

　어린이들이 부르는 동요에는 아빠에 관한 노래가 얼마나 될
까? 내가 가진 『동요 1200곡집』을 뒤져 보니 제목이 엄마에 관
한 것은 20곡이나 되나 아빠에 관한 것은 단 2곡뿐이었다. 이번
에도 엄마의 KO승!

　패배에 패배를 거듭하며 이번에는 내 서재에 꽂혀 있는 3권의

대중가요 백과사전들을 뒤져 보았다. 아버지를 주제로 한 노래는 4곡뿐인데 비해 어머니는 12곡이나 되었다. 또 아버지의 참패.

아침에 출근을 해서 허리가 휘어지도록 일만 하다가 해가 지면 돌아오는 불쌍한 아버지—. 생각은 깊으나 표현을 하질 않아서 그렇지 아이들 걱정도 어머니만큼은 하고 가정을 이끌어 나가는 데 온 힘을 다한다. 그러나 '장구 치는 놈 따로 있고 고개 까딱이는 놈 따로 있다'더니 아이들에게서 받는 성적표에서 우등상은 항상 어머니 차지다.

자식 사랑에 있어서야 아버지고 어머니고 무슨 더하고 덜하고가 있겠느냐는 것을 일러주는 소설로 40여 년 전에 읽은 소련의 문호 튜르게네브(I. Turgenev)의 『아버지와 아들』이 생각난다. 거의 다 잊어버리고 지금 생각나는 것은 소설의 마지막 장면, 즉 노부부가 서로 부축하며 죽은 외아들 바자로브(Bazarov)의 무덤을 찾아가서 갑자기 가슴을 찌르는 듯한 처절한 통곡을 터뜨리던 장면이 생각난다.

달도 차면 기우는 법, 화무십일홍(花無十日紅)이라 했던가, 이제 어머니의 시대는 가고 아버지의 시대가 오는 기미가 엿보인다. 요사이 어머니는 지난 세대의 어머니와 다르다. 구멍 난 양말을 꿰매는 어머니도 없고, 음식을 자식들에게만 먹이고 당신은 거짓 속이 쓰려 못 잡수시겠다는 어머니도 없다. 집에서 먹는 것보다는 밖에 나가서 맛있는 것을 많이 사주는 엄마가 최고다. 오늘은 계(契) 모임, 내일은 동창회, 글피는 이민 가는 친구와 냉면 먹기로 한 날…. 어머니의 일 년 365일이 바쁘다. 체중을 줄이기 위해 헬스클럽에도 가고 눈썹 밑 잔주름 제거를 위한 성형 수술 비용을 마련하기 위해 계도 하나 들었다. 요새 와서 손발이 다 닳도록 고생하시는 어머니는 시대착오적인 어머니가 되고 있는 인상이다.

아이들 얼굴만 서로 마주치면 '공부해라' '공부' '공부'란 말을 염불처럼 되뇌는 어머니. 그래서 아이들 중에는 소위 '방어적 과(過)성취 현상'을 보이는 아이들이 많다. 방어적 과성취 현상이란 자기가 하는 일에 최선을 다해서 노력하지마는 그 노력의 이유가 공포감이나 열등감에 대한 자기의 불안을 이겨나가기 위해서라는 것이다. 이런 사람들은 비록 큰 업적을 남긴다 해도 행복감을 느끼기는 어려운 사람들이 된다.

나는 앞으로 '능력본위'를 신주처럼 신봉하는 이명박 정권에서 아버지 평가제도를 실시하고야 말 것 같다. 대학의 강의 평가같이 가정에서도 자식들로부터 아버지 어머니에 대한 평가를 따로 따로 실시해서 평가 성적이 수준 이하인 사람은 마치 부동산 투기 의혹 누명을 쓴 사람처럼 장관이나 국무총리 자리에는 못 오르게 할 것 같다. 아버지는 피곤하다.

2008. 6.

꽃바구니

　아침커피를 마시고 있는데 우리가 사는 콘도미니엄의 수위아저 씨로부터 누가 내 앞으로 꽃을 보내왔다는 전갈이 왔다. 받아보니 7년인가 8년 전에 한국 E여자대학교에 나가있을 때 내 강의를 들었던 학생 두 사람이 함께 보낸 꽃바구니였다. 놀랍고 감격스러웠다.

　나는 캐나다 런던에 있는 W대학교에서 1999년 한국에 가기 전까지 23년을 강단에 섰다. 실력도 고갈되어 가고 의욕과 성의도 줄어들어 아침에 학교로 향하는 발걸음이 점점 느리고 무거워지던 때에 하느님이 보우하사 한국에 있는 E여대로 가게 되어 그 대학교에서 65세 정년이 될 때까지 6년 반을 근무하다가 은퇴. 다시 캐나다로 돌아왔다. 이제 내게 남은 사회적 이름표라고는 W대학교 명예교수라는 빛 좋은 개살구뿐.

　그런데 한 가지 부끄러운 것은 내 강의를 들은 학생들 중에 오늘까지 전화나 편지로 안부를 묻거나 소위 우정방문을 한 사람은 하나도 없었다는 사실이다. 영어도 잘 못하고 생활 관습도 자기들과 다른 선생을 대하다 보니 별 호감이 가질 않아서 그럴 것이라고 생각했다. 앵글로 색슨계의 교수들은 다른가 유심히 살펴보았다. 그러나 그들 대부분도 나와 비슷한 경험을 하고 있다는 것을 내가 은퇴를 하고 난 후에야 알 수 있었다.

23년 간 교편을 잡았던 캐나다의 W대학교에서는 졸업생 중에 나를 찾아오는 이가 없으나 6년 조금 넘게 몸담았던 한국의 E대학교에서는 졸업생들이 편지도 보내고 학회에 오는 길에 들르기도 하는 이유는 무엇 때문일까? 단순히 W대학교와 E대학교의 차이 때문? E대학교가 정(情)이 많은 소녀들의 여자대학교라서? 아니면 하나는 서양문화권에, 또 하나는 동양문화권에 있는 대학이라서? 나는 이 세 가지 추측 중에 맨 마지막 추측, 즉 문화권의 차이를 첫째 이유로 내세우고 싶다.

오늘 아침에 내가 받은 꽃바구니는 우리가 흔히 말하는 한국의 정(情)을 듬뿍 담고 왔다. 꽃바구니를 앞에 두고 나는 다음과 같은 질문을 스스로 던져보았다. 무슨 이유로 한국 같은 동양문화권에서는 캐나다 같은 서양 문화권에 비해 정(情)이 넘치는 문화가 꽃피게 되었을까. 대체로 동양문화의 모체(母體)가 된 중국은 옛부터 벼농사를 짓고 사는 농경 사회였다. 땅을 개간하고 물길을 내고 농사를 지으며 살아가는 데는 대부분이 핏줄로 연결된 마을 사람들과 서로 도와주며 화목하게 지내는 것이 절대 필요한 생존책이었다. 사람이 한 곳에서 오랜 세월 서로 화목하게 살다 보면 쌓이는 정(情)은 두터워지게 마련이다.

그러나 서양문화가 발원(發源)한 그리스(Greece)는 바다를 옆에 끼고 있는 나라. 그러니 농사를 짓기보다는 사냥과 목축, 그리고 무역을 주 생활 수단으로 삼았다. 농경국가보다는 도시국가 형태의 정치구조를 가지고 있었기 때문에 지식인들은 이곳저곳 자기들이 좋아하는 도시에 가서 살 수 있었으니 동양 사회에 비하여 거주지 이동이 더 빈번했다. 또한 인지심리학자 니스벳(R. Nisbett)이 주장한 것처럼 교육이 부와 권력을 얻는 목적으로 이루어지는 중국과는 달리 지식 그 자체를 중시하는 풍토는 지적 호기심은 물론 객관적 사고와 논리의 발달을 자극하였다. 객관적 사고는 정(情)을 비켜가는 경우가 많다. 배를 타고 이곳저곳 물건을 사고팔러 다니는 동안 다른 민족, 다른 종교와 예술, 다른 생각, 다른 태도와 가치, 다른 정치체제와 접촉할 기회가 많았던 이유로 사람들에게 자기 생각을 아무 주저 없이 솔직하게 털어놓기가 쉬웠다. 즉 개인은 자기 주위 사람들과 화목한 관계 유지에 신경을 쓸 필요가 적었다는 말이다.

W대학교에서 내 강의를 들은 사람들은 주로 중·고등학교 강단에 설 선생님 후보생들이었다. 이들이 내 강의를 듣고 나서 교사로서 어떤 행동변화를 가져왔는지는 알 길이 없다. 모르기는 한국 E여대의 경우도 마찬가지—. 그러니 지식을 전달하는 교사로서의 능력에 있어서는 캐나다 = 한국이라 하는 것이 무난할 것이다. 그러나 학생 - 선생간의 정(情)의 오감에 있어서는 캐나다는 한국의 상대가 되질 못한다. 이들의 정이 넘치는 행동은 내 강의 때문이 아니라 그들이 단순히 한국 사람이기 때문에 그렇다는 것을 생각하면 그리 놀랄 것이 없다.

꽃바구니에서 은은한 장미 향기가 퍼진다. 향기여 오래 가거라.

2008. 10. 6

안동찜닭

2009년은 소[牛]의 해다. 달력이나 신문에 새해 특집 난을 보면 목동이 소 잔등위에 앉아서 피리를 불며 소를 몰고 가는 한가로운 농촌풍경을 묘사한 그림이 많다. 나는 유년 시절을 농촌에서 자랐지만 우리 동네에서는 이런 풍경을 보기는커녕, 피리를 불 줄 아는 아이들조차 없었다. 가끔 은행에서 선물로 주는 달력에 있는 소등에 걸터앉아 피리를 부는 목동을 보면 '현실과는 동떨어진 상상 속의 그림'으로 치부해 버리고 말았다.

어디 소 타고 가며 피리 부는 목동만 그런가. 음식도 마찬가지일 때가 있다. '안동찜닭'이 그렇다. '안동찜닭'이란 음식이 서울을 비롯한 대도시에 모습을 나타낸 지가 벌써 수십 년이 넘었다. 음식 이름이 안동찜닭이니 압록강 어구에 있는 그 안동이 아니라면 틀림없이 내 고향 경상북도 안동의 향토음식이란 말이 아니겠는가. 그러나 나는 안동에서 자랐지마는 안동찜닭이 있다는 말은 들어 본 적도, 찜닭 요리를 구경한 적도 없다. 나뿐만 아니라 안동에서 자란 안동 사람들은 다 그럴 것이다.

도대체 어떻게 해서 이 안동찜닭이 생겼을까? 이 불초소생이 내놓은 안동찜닭의 기원에 대한 '우연 발생적 생성설(生成說)'이라 이름 붙일 수 있는 학설은 다음과 같다. 즉 서울이나 강릉 같은, 안동이 아닌 어느 도시에서 남편 친구들을 저녁 식사에 초대한 친정이 안동인 어느 이제 막 결혼한 주부를 상상해보자. 닭고기, 당면, 당근, 버섯 등 이 재료 저 재료 있는 재료라고는 다 집어넣어 할 줄 모르는 음식을 만들다 보니 오늘의 안동찜닭 비슷한 요리가 됐겠다. 그날 저녁 초대에 온 손님들이 안주인의 요리 솜씨를 칭찬하며(거짓말, 새빨간 거짓말!) 무슨 음식이냐고 물었을 때 주인은 엉겁결에 '우리 친정 안동 고유의 음식'이라고 대답했다. 이래서 태어난 안동찜닭은 오늘날 안동 안에서는 없는, 그러나 안동 밖에서는 안동 향토 음식으로 행세하고 있는 먹거리가 되었을 것이다.

　우리가 학창 시절에 부르던 노래 중에 「스와니 강의 추억」이라는 게 있다. 미국 민요로 소개 받은 노래다. 그런데 유학을 와서 이 노래를 부를 수 있는 미국이나 캐나다 사람들이 그다지 많지 않다는 사실에 무척 놀란 적이 있다. 한국 사람은 「아리랑」이나 「도라지」를 아는 이가 적다는 말과 마찬가지—. 이와 같이 정작 본토박이 미국 사람들은 모르는 데 나 같은 외인부대가 줄줄 외워서 부를 줄 안다는 것이 유식(有識)인가 무식(無識)인가. 젊은 시절에는 이럴 때 마치 내가 미국 문화에 깊은 이해를 가진 사람이나 되는 것처럼 으쓱해 하던 것이 생각난다. 참으로 못난 생각이었다.

안동찜닭이 안동에서 기원한 음식이 아니라고 해서 안동찜닭이라는 음식 자체에 무슨 문제가 있다는 말은 아니다. 안동찜닭이라 해도 좋고, 인천찜닭, 청주찜닭… 어느 도시 이름을 갖다붙여도 좋다. 어떤 물체의 속성은 우리가 붙이는 레이블(label)과는 상관없이 존재하기 때문이다.

한 번은 경기도 포천 이동 갈비가 유명하다고 해서 가본 적이 있다. 예상했던 대로 갈비집이 한두 집이 아니요, 열 집, 스무 집, 아니 온 동네가 온통 갈비집이다. 그 중 많은 음식점들이 '원조'라는 말을 크게 써서 달아 놨다. 원조라는 선전이 없는 집은 거의 없었던 것 같다. 왜 그 말을 그처럼 좋아할까? 생각건대 원조라는 말은 그 음식점의 역사를 말해 주는 것이니 역사가 오래면 음식 맛도 좋을 거라는 믿음 때문인 것 같다. 그러나 알고 보면 음식점의 역사와 그 집의 음식 맛과는 별 상관이 없는 경우가 많다. 미국 디트로이트에 있는 포드회사가 자동차의 원조라고 해서 포드 회사에서 만드는 자동차가 제일 좋은 자동차는 아니지 않는가.

안동에서 안동찜닭을 맛보지 못한다는 것은 진정 애석한 일이다. 그러나 안동찜닭같이 도시 이름 뒤에 음식 이름을 갖다 붙이는 것은 일종의 낭만이요 멋이 아닐까. 그냥 냉면보다는 도시 이름을 딴 함흥냉면, 그냥 비빔밥이라기보다는 전주비빔밥, 그냥 갈비보다는 수원갈비라 하면 그 음식으로 알려진 지방의 정서나 향기까지 함께 따라 오는 것이다. 전주비빔밥처럼 어느 도시 이름을 입에 올렸을 때 그 도시가 더 정겹게 다가오지 않으면 그 음식이 맛깔스럽게 들리지 않는가!

　그러나 안동찜닭ㅡ. 내 고향이라 그럴까, 어딘지 해수욕장에 신사복 정장으로 나선 것처럼 그 도시와 음식의 연결이 자연스러워 보이지는 않는다.

2009. 1.

생사(生死)가 덧없더라

떠나는 자 정녕 기약 남기고 가도/ 보내는 자 눈물로 옷깃 적시거늘/
저 외 배 한 번 가면 언제 돌아올까/ 보내는 자 강가에서 홀로 돌아오네
去者丁寧留後期, 猶令送者淚沾衣 送者徒然岸上歸, 扁舟從此何時返

위에 적은 시(詩)는 연암(燕巖) 박지원이 자기 누님의 상여를 실
은 배를 보내면서 지은 것이다. 실학의 대가요 연암의 평생 친구
인 이덕무는 이 시를 읽고 두 번이나 울었다고 한다.

앞으로 몇 주만 더 있으면 꽃피고 새 우는 봄이 온다. 그런데
오늘 내가 왜 이 좋은 봄날에 글머리부터 이렇게 울적한 노래를
적고 있는가? 지난 반년 사이에 토론토에서 멀고 가깝게 알고
지내던 사람들이 밤 사이 비바람에 나무 쓰러지듯 자그마치 다섯
사람이 세상을 하직하였다. 이승을 작별한 순서를 따라 적어보
자. 우선 C박사의 부인 P사모님이다. 2007년 10월이었던가? Y
박사 부부, H형 부부, 우리 부부는 C박사의 콘도미니엄에 초대
를 받아 그 유명한 사모님의 요리솜씨로 저녁 대접을 받았다. 항

상 밝고 맑은 표정에 무척 자상하시던 사모님—, 해마다 겨울이면 아들이 살고 있는 미국에 가 있다가 봄이 오면 토론토로 돌아오니 자기네가 거기 있을 때 한 번 놀러 오라던 사모님. 그리고는 12월 중순, 우리 부부가 50일 가까운 날을 한국에 가 있는 사이에 사모님은 불귀의 객이 되고 말았다.

그 다음은 의사 L박사의 부인 C사모님이다. L씨는 어렸을 때 내 고향 마을에서도 살았고 북미 대륙에 온 지가 50년이 넘는 대선배—. 20여 년 전 런던에 살 때부터 몸이 약간 찌뿌드드 하기만 해도 L박사께 장거리 전화를 해대곤 했다. 토론토에 와서 하루를 묵게 되면 우리는 마치 예약해둔 호텔로 가는 기분으로 L박사 댁으로 갔다. 그러나 귀찮은 내색 한 번 않으시고 말이 없으시던 여자의 여자 C사모님, 무슨 갈 길이 그렇게 바쁘던가 우리가 한국에서 돌아오기 며칠 전에 이승을 하직하였다.

C대사 부부도 믿기지 않을 정도로 하루 아침에 훌쩍 저 세상으로 갔다. C대사는 나의 14년 대학선배. 지금부터 20년 전이던가, 토론토 시내 Bloor 거리를 여기저기 기웃거리다가 K화랑에서 '得好友來如對月, 有奇書讀勝看花(좋은 벗이 있어서 나를 보러 오는 것은 밝은 달을 대하는 것 같고, 좋은 책이 있어서 읽는 것은 아름다운 꽃을 보는 것 보다 낫다.)라고 행서로 쓴 기운차고 고아한 글씨의 족자 한 폭이 눈에 띄어 주머니를 털어서 샀다. 그 글씨의 작가 C대사를 만나 뵌 것은 그로부터 몇 달이 지나고 난 뒤였다. 그런 C대사 부부가 먼 길 여행이라도 떠나듯 한 달 사이로 달 따라 구름 따라 저 세상으로 가버렸다.

2008년 4월 5일 저녁이었지 싶다. 토론토에서 주부문학교실을 이끌고 있는 L형도 오랜 투병 끝에 저 세상으로 갔다. L형은 토론토 한국문인협회에서 글 쓰는 활동을 많이 한 문우(文友). 세상을 뜨기 바로 몇 주 전에도 그가 이끄는 주부문학교실에서 고별 강의를 했으니 문학교실에 대한 그의 열정을 알 수 있다.

사람이 늙어 병들어 죽는 것은 그리 놀랄 일이 아니다. 그러나 어제까지 같이 이야기하고, 웃고, 밥 먹던 사람이 간다는 말 한마디 없이 이승을 훌훌 털고 떠나니 인생이 덧없다는 말 이외에 무슨 말을 하랴!

어느 시인의 말마따나 인생은 소낙비를 피하여 남의 집 처마 밑에 잠깐 섰다가 가는 것이다. 죽음 앞에서는 모든 것이 무상(無常)―. 그 앞에는 값진 일도 값싼 일도 없고, 귀한 삶도 천한 삶도 없다. 공자는 일찍이 '삶을 모르는 데 내 어찌 죽음을 알리요' 했다지 않는가. 그런데 주여 당신은 어찌하여 천당과 지옥이 있다 하였으며 부처여 당신은 또 무슨 연유로 극락과 지옥이 있다고 하셨나요.

불교에서는 인생을 육여(六如)라 하여 "꿈 같고 곡두[幻]같고, 거품 같고, 그림자 같고, 이슬 같고, 번개 같다(如夢幻泡影 如露亦如雷)"라고 한다. 인생은 곧 무상이요 무상이 곧 인생이다. 연둣빛 버드나무 잎새가 막 피어나기 시작한 어느 봄날 저승으로 가버린 다섯 사람이나 살아 숨쉬고 있는 이승의 나나 다를 게 무엇인가 하는 생각을 하며 몇 마디 울적한 심회를 적는다.

2008. 4.

그리움에 대한 단상

파도야 어쩌란 말이냐/ 파도야 어쩌란 말이냐/ 임은 물같이 까딱
않는데/ 파도야 어쩌란 말이냐/ 날 어쩌란 말이냐

청마(靑馬) 유치환의 시 「그리움」이다. '삶'의 모습을 꿈쩍 않는
육지(뭍)와 끊임없이 왔다가 밀려가는 파도의 모습에 비유한 것
으로 그 뜻이 깊어서 이해하기가 어려운 작품으로 알려져 있다.
우리는 그리움이 있기 때문에 인생살이가 풍요로운 것처럼 느
껴질 때가 많다. 그리움은 우리의 과거에 존재하는 것. 그것은
우리가 살아가면서 마주치게 되는 풍랑(風浪)을 막아주는 방파제
구실도 하고 배가 쉴 수 있는 아늑한 포구(浦口) 구실도 한다.
그리움은 정(情)을 바탕으로 한다. 이 세상에 정 없는 그리움이
존재 할 수 있을까. 정(情)은 사랑[愛]의 필연. '연애'라는 말의 연
(戀)은 그리워하거나 생각한다는 뜻이 아닌가. 우리는 정(情)에 웃
고 울고 그리움에 울먹이는 나약한 동물, 그렇기에 인생살이 속눈
물이 무거워질 때는 우리의 그리움도 더욱더 애절해지는 것이다.

사람마다 다르겠지마는 우리의 그리움은 다음 두 가지 중 어느 하나일 확률이 크다. 하나는 여름날 강에서 물고기 잡고, 산으로, 들로 캠핑을 가던 것과 같은 즐겁던 시간— 그러나 지금은 그 시절로 되돌아 갈 수 없는 애절함이다. 또 하나는 삶과 죽음의 갈림길에서 운명을 같이 했던 옛 전우, 앞뒷집에서 먹을 것을 주거니 받거니 어렵게 살던 시절에 대한 그리움이다. 함께 고생을 나누던 그 시절이 그립다는 것은 지금이 견딜만한 처지라는 말. 지금 죽도록 마음고생을 하고 있는 처지라면 옛날 고생했던 시절이 뭐가 그리 그립겠는가?

그리움은 우선 상상할 수 있는 능력이 있어야 한다. 상상을 하자면 기억을 할 수 있어야 하는 법. 그런데 우리는 추상적인 것보다는 마음속에 시각적으로 생생하게 그릴 수 있는 개념이나 사물을 더 잘 기억한다. 예로 '얼룩말'이라는 단어는 '평화'라는 단어보다도 생생하게 시각적으로 마음속으로 그리기가 쉽기 때문에 기억을 더 잘한다. 소풍을 가서 함께 노래를 부르며 놀던 일, 과수원 과일을 훔쳐 먹다가 주인한테 들켜 함께 도망가던 일은 한 편의 시(詩)를 읽고 아름다움을 느끼는 것보다 더 오래 기억에 남지 않는가.

엄마 아빠의 손을 잡고 외가에 가던 일이나 동무들과 모여 앉아 노래 부르던 일 같은 유쾌한 일은 시간이 흐르면서 그 일이 일어났던 당시보다도 더 긍정적으로 평가되는 경향이 있다. 그래서 우리 지난날의 회상은 날이 갈수록 더욱더 긍정적으로 평가되고 그 결과 더 간절한 그리움으로 남아 있게 되는 것이다. 수

십 년 전에 유행했던 대중가요를 다시 들려주는 〈가요무대〉라는 텔레비전 프로그램은 시작된 지가 10년이 훨씬 넘었는데도 아직도 그 인기가 수그러드는 기미를 보이지 않는 것을 보면 그 시절에 대한 그리움이 얼마나 간절한가를 알 수 있다.

그리움이 현실이 되면 기쁨만이 찾아오는 것은 아니다. 어느 시인의 노래처럼 고향에 돌아와도 그리던 고향은 아닐 때도 많은 것이다. 그러니 나도 청마(靑馬)를 흉내 내어 속으로 외워보자. 그리움아, 어쩌란 말이냐, 그리움아 어쩌란 말이냐.

2008. 8.

아라리의 추억

    지난 19일 밤에는 토론토 어느 교회에서 김훈모 박사가 지휘하는 한인 합창단 공연에 갔다가 「정선 아리랑」을 들었다. 김훈모 씨는 아내와 중학교 동기동창, 그의 남편은 대학에서 심리학을 가르치는 양반이니 두 집이 만나면 할 얘기가 많다.

    그 날 공연 곡목은 전부가 한국 가곡들이어서 누나 손을 잡고 교내 학예회에 따라간 아이처럼 마음이 저녁 내내 들떠 있었다. 나는 교민 사회의 음악 공연에 가면 듣고 싶은 한국 노래는 별로 들어보질 못하고 외국 노래만 듣고 오는 것이 여간 실망되는 것이 아니었기 때문이다. 음식은 그토록 한국 음식을 찾으면서 노래는 왜 외국 노래만 찾을까?

    지휘자 김훈모 씨는 한국에서 고등학교를 졸업하자마자 미국으로 유학을 와서 대학과 대학원을 마친 사람이다. 사춘기를 채 벗어나지 못한 어린 나이에 낯선 땅 생활을 시작했으니 그의 정신세계는 한국보다 미국에 더 가까울 것이 아닐까. 그럼에도 불구하고 이번 그의 합창단은 교민들에게 한국가곡을 선사, 청중들에게 가슴 가득 꽃다발을 한 아름씩 안겨 준 것이다. 「청산에 살리라」, 「동무생각」… 얼마나 가슴 적시는 노래들이냐. 모금 운동에 기부금을 내고 서울 왕복 비행기표를 상품으로 내놓는 것도 좋은 일이다. 그러나 우리의 마음을 부드럽게 해주고 정서를 순화시켜 주는 좋은 노래를 불러 주는 것 또한 이에 못지않게 좋은 일이라고 생각한다.

그 날 공연에서 내 영혼을 빼앗다시피 한 「정선 아라리」는 뜻밖의 선물이었다. 거기다가 「옛 시인의 노래」라는 흘러간 대중가요까지 덤으로 있었으니ㅡ. '훈모 야가'('이 아이가'의 경상도 사투리) 이제 정신을 차리는구나…' 하는 생각이 들어 혼자 웃었다. 합창단이 부르는 아라리의 선율을 타고 나는 시공(時空)을 넘어 42년 전으로 되돌아갔다. 꿈 많고 감수성 많던 청춘 시절, 무전(無錢) 여행을 한다며 혼자 괴나리봇짐을 지고 강원도를 돌아다닐 적에 정선에 갔다가 우연히 「아라리」에 반해 그걸 배우려고 하루를 묵던 일ㅡ. 정선 사람들에게는 「정선 아라랑」이 아니요 「정선 아라리」다.

조선 팔도강산에 흩어져 있는 아리랑이라는 아리랑은 다 모아 책으로 펴낸 김연갑 님의 500쪽이 넘는 『아리랑』에는 약 150지방의 아리랑이 실려 있다. 그러니 「정선 아라리」는 150 개가 넘는 아리랑 중의 하나. 우리 조상들의 가장 꾸밈없는 삶의 흔적이 민요라면 그 대표가 아리랑이 아니겠는가. 그 중에서 정선 아라랑은 개인의 하소연을 끼워 부를 수 있고 유장(悠長)하기 때문에 우리에게 특히 가깝다.

입에서 입을 통해 내려온 노래이기 때문에 표준 가사가 없다는 정선 아라리─. 흑인 영가가 흑인들의 어렵고 고달픈 삶에서 우러나온 영혼의 부르짖음인 것처럼 「정선 아라리」도 그 척박한 땅에 수수 심고, 누에 치고, 콩밭 매며 일구워 낸 삶에서 우러나온 노래다. 그러니 아리랑의 뜻에 대한 논문이 20여 편이나 되는 것처럼 650절에 가까운 「정선 아라리」의 노랫말을 쓴 시인은 밭 갈고, 소 먹이던 풀뿌리 농민들이라고 해야 하지 않겠는가.

"정선 읍내 일백오십 호 몽땅 잠 들여 놓고서/ 이(李) 호장네 맏며느리 데리고 성마령을 넘자." 아라리의 한 구절이다. 산이 하도 높아서 꼭대기에 올라가면 별을 만질 듯하다는 성마령은 그 높이가 겨우 870미터 밖에 안 되는 산이다. 비행기를 탄 듯 높다는 비행기재 역시 700미터도 채 못 되는 산. 그러나 바깥세상과 접촉하자면 사방에 빼곡히 둘러싸인 산을 걸어 넘는 것 이외에는 별 다른 교통수단이 없던 시절, 아라리 시인들에게 870미터는 정녕 하늘과 맞닿은 높이였다.

지금의 강원도 정선은 정선이 아니다. 아스팔트로 포장된 고속도로에다 비행기재 밑으로는 굴을 뚫어 굴만 빠져나오면 곧 바로 정선이 된다. 이호장 맏며느리도 갔고 그와 몰래 정(情)을 통하려던 만득이도 갔다. 화전민도 눈에 뜨이지 않고 석탄 캐는 광부들이 곡괭이를 메고 다니던 길 위로는 자가용들이 줄을 이었다. 정선 사람들의 생활이 여유로워지고 바깥세상과 접촉이 늘어 갈수록 「정선 아라리」는 점점 외롭게 되고 초라해지는 것이다.

아무튼 엊그제 밤은 영어 식으로 표현하면 '매우 아름다운 밤'이었다. 그 좋은 노래들을 아름다운 화음으로 듣는 것은 큰 즐거움이요 축복이 아닌가. 이런 즐거움이 한 달에 한 번씩만 있어도 우리 타향살이의 행복지수는 곱으로 치솟을 것 같다.

2008. 4.

미운 남편

해방 전 서울 장안에서 일어난 남녀 간의 애정사건을 조사해서 한 권의 책으로 펴낸 이철님에 의하면 1930년 서대문 형무소에 수감된 살인범은 100명 중 남자가 53명, 여자가 47명이었는데 이들 여자 47명 중 31명이 자기 남편을 살해한 죄로 감옥에 들어온 사람들이었다 한다. 왜 이렇게 남편을 살해한 범죄가 많을까?

이철님의 주장을 따르면 다음과 같다. 즉 여명기의 조선 땅에는 자유연애와 낭만적 결혼, 그리고 행복한 가정에 대한 소망을 여성들도 추구 할 권리가 있고 또 그 욕망을 실현해 나갈 수 있다는 시대사조가 유행했다. 그러나 많은 구 여성들은 여전히 가정과 남편의 굴레에서 벗어나지 못하고 있었기 때문에 이들은 신여성들과는 다른 방법으로 서서히 저항하기 시작했다.

이들에게는 무엇보다도 먹고 사는 민생문제가 가장 큰 걱정이었기 때문에 저항방법은 극히 제한되어 있었다는 것. 그래서 남편 제거라는 극단적인 저항 방법을 쓰기 시작했다는 것이다. 이렇게 보면 남편 살해는 전 세계 어디에서도 찾아 볼 수 없는 조선 특유의 범죄였다는 것이 이철님의 주장이다.

남편의 노예, 이름도 없이 그저 누구의 아내, 좀 더 정확히 말하면 누구의 집[대]으로 일생을 보내는 사회적 지위, 서울에는 한낮의 거리를 걸어 보지도 못하고 어둠이 내린 뒤에야 길을 걷는 것이 용인되는 이상한 사회규제 속에서 살아온 조선의 아내들에게 남편은 오늘날 상상하기도 어려울 정도의 가혹한 독재자요 물주였다.

호랑이나 늑대, 두더지 같은 동물 세계에서 암컷과 수컷 사이에 조직적인 성(性) 대결 싸움이 있는지는 모르겠으나 어느 시인의 말을 빌리면 암컷과 수컷이 편 지어 갈라서서 서로 으르렁거리는 것은 인간에게만 있는 일이라 한다. '여성운동'이라는 이름 아래 벌어지는 성(性) 간의 대결이 바로 그것이다.

21세기에 와서는 어느 사회에서나 여성운동의 불길이 점점 맹렬해지고 있는 추세이다. 이런 운동이랄까 싸움의 요지는 남성우위의 사회 환경에서 여성은 자기 계발(啓發)의 기회를 박탈당하고 성의 기회균등은 이루어지지 않고 있으니 하루속히 여성들도 독립해서 자기계발을 할 수 있는 힘을 길러야 한다는 취지이다. 극단적인 남성우위의 사회적 환경에서는 남성의 두뇌와 남성의 능력에 지나치게 의존하는 것이니 결국 인간능력의 절반밖에 활용하지 못한다는 주장이다.

우리나라의 여성운동도 다른 나라의 그것과 비교해 볼 때 시작이 좀 늦었다 뿐이지 다른 점은 별로 없다. 사람들은 조선조에 와서 유교문화가 이 땅에 자리잡고 남존여비(男尊女卑) 바람이 불며 여성은 모든 자유와 권리를 잃고 남성의 소유물로 전락하고 말았다고 생각한다. 그런데 여성운동이 미국이나 캐나다, 영국 같은 소위 문명국으로 불리는 나라에서 더 활발하게 한 것을 보면 이네들도 예전에 있었던 남존여비 내지 남성우위 사상이 오늘까지 내려 온 것이 아닐까. 아무튼 내 생각으로는 여성운동은 어느 사회에서나 여성들이 자기계발을 할 수 있는 힘의 균형이 이루어 질 때까지 계속 될 것이고, 계속 되어야 한다고 생각한다.

남편 살해로 돌아가자. 사람들은 세상이 날로 험악해지니 이런 끔찍하고 있을 수 없는 일이 생긴다고 탄식한다. 그러나 세상이 험악해지니 이런 일이 생겼다기보다는 이런 일이 생기니 세상이 험악해진다는 말이 더 맞을 것 같다. 아내가 남편을 살해하고, 아들이 아버지를 죽인 일이 어찌 오늘날에만 있겠는가. 역사를 들춰보면 아들을 죽인 임금이 있는가 하면 동생을 죽인 형이, 어머니를 죽인 아들도 있었지 않았는가. 다만 요새는 이런 사건은 일어나기가 무섭게 전파를 타고 무서운 속도로 퍼져 나가기 때문에 그 빈도가 잦은 것으로 부풀려지기가 쉽다고나 할까.

지금은 서대문 형무소도 없어졌고 그 때 감옥에 있던 죄수들 대부분은 이미 저 세상으로 갔을 것이다. 요새 남편 살해죄로 감옥에 갇혀있는 신세대 사모님들 수(數)는 1930년에 비해 줄었는지 아닌지 나는 모른다.

그러나 남편을 살해한 원인에 있어서는 큰 차이가 있지 싶다. 내 주장을 떠받쳐 줄 구체적 자료는 없지만 그들의 남편 제거 이유 중에는 불륜(不倫)으로 맺어진 애정, 아니면 금전문제 둘 중 어느 하나가 개입되었을 확률이 클 것이라는 생각이 든다.

2008. 9.

수필집을 내며

　몇 주 전 나의 일곱 번째 수필집 『바람 부는 들판에 서서』가 서울에 있는 출판사 '선우미디어'에서 출간되었다. 1983년부터 쓰기 시작한 수필이 25년의 세월이 흐른 2008년 현재 모두 책으로 8권 분량이 된 것이다. 그런데 이 중 『향기가 들리는 마을』은 문고판으로 이미 발표를 한 것들 중 이 책 저 책에서 긁어모은 것이니 신작(新作) 수필집이라고는 할 수 없다.

　내가 캐나다에 와서 수필을 처음 써 본 것은 토론토에서 '민중신문사'를 창간한 정철기 사장 때문이다. 정철기형은 나와 같은 대학 같은 과 1년 후배. 서울대학교 행정대학원을 마치고 당시 야당 당수이던 김대중씨의 비서를 하다가 캐나다로 건너와서 〈민중신문〉을 창간했다.

　그의 지나온 발자취가 말해주듯 〈민중신문〉은 정치적인 일에 관심이 많던 신문이다. 정치 이야기만으로 지면을 채우기는 너무 삭막하다는 생각이 들었던지 나보고 수필을 좀 써 보라고 부탁했다. 나는 당시 테뉴어(tenure: 사전에는 영구재직권이라 규정되어 있으나 죽을 때까지 재직할 수 있다는 말이 아니고 뚜렷한 이유가 없는 한 은퇴할 때까지는 직위가 보장된다는 말 : 글쓴이)가 없는 처지였기 때문에 학교 일에 그야말로 죽기 아니면 살기로 매달려 있을 때였다. 그러니 내 공부에 직접 관계가 없는 수필 같은데 눈을 돌릴 여유가 있었겠는가. 그러나 1981년에는 테뉴어를 얻었으니 큰 사고만 없으면 이 대학에서 은퇴할 수 있겠구나 하는 안정감이 스며든 때였다.

맨 처음 신문에 내 났던 글이 〈박사학위〉라는 제목의 만필(漫筆 : 어떤 주의나 체계 없이 붓 가는 대로 쓴 글)이었다. 그런데 정철기형이 좋다고 자꾸 더 쓰라고 권유하는 바람에 그의 말을 곧이곧대로 믿고 우쭐하여 자꾸 썼다. 정치적인 내용의 글을 쓰기 싫어하는 나는 나중에 서정적인 글도 환영하는 〈한국일보〉에 매주 연재하다시피 많은 수필을 써댔다.

캐나다에 오기 전, 한국에서 '문학적'인 글을 쓴 것이 꼭 2번 있었다. 첫 번째는 고등학교 때 경주를 다녀와서 〈토함산〉이라는 한시를 썼는데 '새벽에 일어나 토함산을 오르니… (曉起探登吐含峰)'로 시작되는 것으로 기억한다. 여러 어른들의 감수를 받은 작품으로 내 생각으로는 우리 문학사에 길이 남을 '불후의 명작'이었으나 교내 문예지에도 실리지 못했으니 체면이 말이 아니었다. 두 번째는 대학에 다닐 때 지금은 고인이 된 강영채 군과 같이 〈새벽〉이라는 잡지를 창간하고 시, 수필, 평론, 심리학 기초 지식 등 닥치는 대로 실었다. 그야말로 해물잡탕이요 꿀꿀이죽이었다. 지금은 그 때 쓴 수필이 어떤 내용이었는지 제목조차 잊어버렸지만 "나는 촌놈이다. 머리에서 발끝까지 철저한 촌놈이다. ……" 라는 자조(自嘲)로 시작했던 것이 생각난다. 또 하나는 '심리학에서 조작주의'라는 심오하기 짝이 없는 논문이었는데 어느 교수님 한 분이 이 글을 보고 나를 불러서 퍽 잘 썼다고 칭찬해주셔서 기고만장, 의기가 하늘에 닿던 생각이 난다.

1985년이었던가. 이오덕 선생의 소개로 매원(梅園) 박연구 선생을 만나 뵙게 되었다. 매원 선생은 당시 수필집 출간으로 그이름이 널리 알려진 '범우사'에 적을 두며 수필 전문지 〈수필공원〉 편집을 맡아 보던 그야 말로 한국 수필계의 대부(代父)로 불리던 분. 매원 선생의 격려에 힘입어 나는 4권의 수필집을 '범우사'에서 출간했다. 한 번에 5편이나 10편이 든 수필 뭉치를 매원 선생께 보내면 매원 선생은 다시 〈수필공원〉을 위시한 여러 수필 전문지에도 내 글을 보내 주시곤 했다. 1998년에는 수필 문학진흥회로부터 현대수필문학상을 받게 되어 내 자부심과 교만은 하늘에 이르고도 남았다. 그러나 나는 겉으로는 별것 아닌 양 평상시 모습을 지키려고 애썼다.

그런데 몇 년 전 나의 든든한 후원자요 매니저(manager)였던 매원 선생이 암으로 세상을 떴다. 내 수필에 관한 한 모두가 그가 뒤에서 말없이 밀어준 덕분이었는데ー. 갑자기 나는 혼자 벌판을 헤매는 길 잃은 아이라는 생각이 들었다. 나는 한국에서 국문학과나 문예창작과를 나온 사람도 아니고 정식으로 등단한 사람도 아니기 때문에 나의 '문학' 활동에는 동기생도, 선배, 후배도 없는 천애 고아가 아닌가.

나는 글을 '안 쓰고는 못 배기는' 그런 사람도 아니다. 좀 경박하게 들릴지 모르지만 나는 수필을 재미로 쓴다. 나 자신을 수필가라고 불러본 적도 없고 내가 '문학'을 한다고 생각지도 않는다. 그저 내 생활 주변에서 보고, 듣고, 읽고, 느끼고, 생각한 것이 있을 때 적어 둔 것을 길게 늘인다. 이처럼 글 쓰는 데 대한 '심각성'이 부족하니 수필이론이나 문학이론에 대한 이해도 수준 이하다. '이론에 너무 밝으면 실기에 손해를 본다'는 것이 나의 편견이다.

　나는 속으로 은근히 많은 사람들이 내 수필을 읽고 내 수필에 칭찬을 보내주기를 바란다. 재미로 부는 색소폰(saxophone)이지만 한 곡이 끝나면 청중들의 열띤 박수를 갈망하는 것처럼―. 다른 사람들도 다 그렇겠지.

　2009년에는 서울에 있는 어느 출판사에서 '현대수필가 100인선' 단행본 시리즈를 발간하는데 그 100 사람 중에 내 이름도 들어있다고 알려왔다. 내 큰 자랑이다. 그런데 책 제목은? 『산국화 그리움 되어』라는 내가 몇 년 전에 쓴 졸작 시(詩)에서 따온 구절이 어떨까? 어떻게 하든 내가 지은 시의 구절과 연관 지으려 드는 걸 보면 50년 전 고등학교 때 교내 문예지에 딱지를 맞은 옛 상처가 아직도 아물지 않았는 모양이다.

2008. 10.

7

세월

고향생각

이 세상에는 슬픈 일보다는 기쁜 일이 더 많다는 생각이 들 때가 있는가 하면, 그 반대로 기쁜 일보다는 슬픈 일이 더 많다는 생각이 들 때도 있다. 한 가지 분명한 것은 어느 시인의 말처럼 이 정한(情恨) 때문에 예술과 종교가 생겨났다고 볼 수 있다. 그러니 예술이나 종교의 궁극적인 목적은 우리의 정(情)을 다독거려 주고 한(恨)을 어루만져 주는 데 있는 것이다.

그런데 나는 늘 인간의 정한(情恨)이 흘러나오는 또 하나의 발원지(發源地)가 있다고 생각한다. 그것은 다름 아닌 고향이라 불리는 두 글자의 추상명사이다. 떠나 살며 고향에 있지 못하는 것이 원초적 한(恨)의 시작이라는 말이다. 마치 태곳적 시대에 동굴 밖을 나선 원시인이 갈 곳 없이 여기저기 낯선 데를 가서 살아야 하는 불안이 현대인에까지 전수되어 온 것이라 할까.

한(恨)과 마찬가지로 정(情) 또한 고향에서 나온다. 세상풍파에 시달리다가도 고향을 생각하면 그곳에는 언제나 유년 시절의 추억과 그리운 얼굴들이 우리를 기다리고 있음을 깨닫게 되지 않는

가. 고향은 언제 어디서나 우리의 안식처요 피난처ㅡ. 우리가 생각할 능력이 있는 한 고향은 우리 정신세계 속에 화석으로 각인(刻印)되어 있는 것이다.

올해 나는 만 예순아홉 살로 접어든다. 짧게 살다 간 사람들에 비하면 살만큼 살았다고 볼 수 있으나 요새 현대 의학의 힘만 믿고 인생은 60부터니 70부터니 하며 말버릇이 고약해진 사람들의 눈으로 보면 아직 청춘이다. 시조시인 정완영님의 말마따나 60은 60이고 70은 70. 從心所欲不踰規(모든 일은 마음 내키는 대로 해도 결코 법도를 벗어남이 없다.)의 나이 70이 아닌가. 이 70이 바로 내 코앞에 우뚝 서 있다니! 아니다. 아니다. 이렇게 빠를 수는 없다.

몇 주 전에는 어느 음악회에 갔다가 K장로 부부를 만났다. K씨는 1977년부터 서로 알게 되어 가깝게 지내 온 31년 지기(知己). 31년 세월이면 탁구공 크기가 될까 말까 한 씨 하나에서 시작한 복숭아나무가 청춘을 다 지나서 지금은 과일을 생산할 능력을 상실하고 고목이 되어 주인의 톱질과 괭이질을 기다리는 오랜 기간이 아닌가. 31년 전이면 내 나이 서른일곱. 정(情) 같은 나약한 특성은 힘찬 인생살이에 별 필요가 없다고 까불대던 청춘 시절, 돈보다 귀한 것이 인정이고 인정보다 값진 것이 눈물이란 것을 모르던 철부지 청춘 시절이다. 그 31년 세월 동안 K씨는 신앙에 몸과 마음을 의탁, 말씀을 섬기고 따르니 오늘날 그의 신심(信心)의 깊이를 잴 수 있는 사람도 그리 많지 않다. 올해가 그의 은퇴년이라 하니 빠르다 세월이여, 아니면 그가 너무 부지런히 걸었던가.

아침 저녁으로 콘도미니엄 아래층에 사는 H형, 앞 동네에 사는 C형, 우리 부부, 이렇게 세 집이서 산책을 한다. 콘도미니엄 뒤로 펼쳐진 들판 길을 지나면 숲, 그 숲 속으로 난 길을 얼마 걷다가 벗어나면 작은 다리가 하나 있고, 다시 아스팔트로 포장된 50리나 되는 산책길이 나온다.

우리 셋이서 한 날 한 시에 눈을 감을 수는 없을 테니 누가 제일 먼저 부르심을 받을까 농담을 한다. 저마다 자기가 맨 첫 번째 후보라며 셋 중 먼저 가는 사람이 가장 복 많은 사람임을 강조한다. 진심으로 먼저 죽고 싶다는 말이라기보다는 관(棺) 속에 조용히 누워 남은 친구들이 눈물로 부르는 '요단강 건너가 만나리…'의 찬송 291절을 듣는 게 하나의 축복일 것이라는 말이다. 아, 이 얼마나 정(情)에 살고픈 애절한 기도냐!

그렇다. 인생은 60, 70, 아니 80부터다. 늙음이 서럽다 하나 아침 저녁 맑은 공기 마실 수 있고, 들꽃들이 핀 풀밭을 혼자 걸을 수 있고, 내 몸 내 맘대로 움직일 수 있으면 서러움도 잠시 잊을 수 있을 것이다. 늙음이 외롭다 하나 커피 한 잔을 앞에 놓고 세상 돌아가는 이야기 할 친구만 있으면 그 외로움도 잠시 잊을 수가 있지 않을까. 그러나 인생은 마치 기쁜 일도 슬픈 일도 없다는 듯이 노래처럼 세월에 실려 떠가는 것이다.

2008. 12.

세월

    대학교 1학년 때 어느 봄날, 혼자서 노량진에 있는 사육신(死六臣) 묘소에 참배를 간 적이 있다. 그 묘역에는 육신들이 능지처참을 당하기 전에 남겼다는 시조를 현존 서예가들이 붓글씨로 써서 각(刻)을 해둔, 내 키보다도 더 높은 6각형 화강암 비석이 있었다. 글씨를 쓴 서예가들은 일중(一中) 김충현, 시암(是菴) 배길기, 소전(素荃) 손재형 등 여섯 분으로 모두 당시에 이름을 떨치던 서예가들이었다. 여섯 명 중 일중 김충현 선생의 글씨가 마음에 들어 언제라도 기회가 오면 일중 선생께 글씨를 배우리라 막연한 기대만 했다.

    지난 2003년 한국 이화여대에 가 있을 때 육신 묘에 참배를 하러 갔더니 45년 전에 내가 봤던 그 옛 비석이 나를 맞이 하기에 "인생은 짧고 예술은 길다"는 말이 실감이 났다.

    4·19혁명이 일어났던 해였던가, 일중(一中) 김충현, 서울 미대 교수로 있던 심산(心汕) 노수현 선생 등이 후학들을 지도하고 있는 종로 2가 파고다 공원 맞은편 골목에 있는 동방연서회의 문을

두드리고 문하생으로 들어갔다. 글씨 쓰는 것이 얼마나 재미있던지 어떤 날은 학교 강의도 빼먹고 하루 종일 글씨를 썼다. 뒤주에 쌀 떨어지고는 살아도 가슴에 정 떨어지고는 못 사는 세상, 그 때 연서회 다다미 방에서 히히거리며 글씨를 배우며 웃고 떠들던 동학(同學) 수련생들과는 오늘까지도 연연히 인연을 이어오고 있다. 모두들 지금은 한국 서예계에서 내로라 하는 대가들이 되었다.

내가 놀란 것은 견문(見聞)의 차이였다. 안동이나 대구에서 글씨를 쓸 때는 새끼 손가락만한 크기의 붓으로 작은 글씨를 썼다. 그러나 연서회에서는 주먹만한 크기의 글자를, 약간 불려 말해서 다듬이 방망이만한 붓대를 거머쥐고 쓰는 게 아닌가. 교재도 달랐다. 시골에서는 그 동네에서 글씨를 제일 잘 쓴다는 어른의 글씨를 체본으로 받아서 썼다. 그러나 동방연서회에서는 중국의 명필, 이를테면 안진경이나 구양수, 왕희지 등 100년에 한 번 날까말까한 대가들이 쓴 글씨를 탁본한 것을 앞에 놓고 쓰는 것이었다. 아무리 우리 동네 명필이라 한들 왕희지나 구양수에 댈 것인가.

가장 중요한 차이는 예술의 교린(交隣) 내지 사교성이었다. 글씨, 그림은 물론, 음악이든 문학이든 남의 작품을 감상하고, 다른 사람들로부터 어떤 점이 좋고 어떤 점이 좋지 못하다는 비평을 들어봐야 예술가로서의 성장이 빠르다. 그래야 예술에 대한 안목(眼目)이 높아진다. 동방연서회에서는 이 점에서 더없이 많은 기회를 주었지 싶다. 산 속에 들어가서 10년 동안 속세와 인연을 끊고 산(山) 정기(精氣)를 마시며 혼자 글씨를 썼다 하자. 그럴듯하게 들릴지 모른다. 그러나 그 글씨가 어떤 글씨일까는 10년 동안 가르쳐 주는 선생도 없이 혼자 악보를 보고, 혼자 연습을 한 피아니스트의 연주 솜씨를 상상해보면 쉽게 짐작이 갈 것이다. 예술의 로빈슨 크루소(Robinson Crusoe)는 없다.

내가 서예가가 될 꿈을 버린 것은 "나는 뛰어난 재주가 없다"는 스스로 내린 결론 때문이다. 나는 그림에 소질이 없다. 편견인지는 모르지만 서예가로 대성하자면 우선 그림에 소질이 있어야 된다고 생각한다. 서예사에 남는 대가들 중에는 그림으로 이름을 날린 사람들이 많지 않은가.

요사이 한국에서 보내오는 서예 월간잡지를 뒤적이다 보면 재주가 여기저기 번득이는 젊은 서예학도들이 많다는 생각이 든다. 반가운 일이다. 그런데 겉멋만 쫓는 요즘 세상 유행을 닮아서 그런가 너무 멋을 내려는 작품이 많은 것 같다. 멋이란 기본을 잘 익히고 나서 자연스럽게 우러나오는, 한마디로 원숙미(圓熟美)에서 오는 변칙(變則)이다. 우리는 모자를 바로 썼을 때 멋있다고 하지 않는다 모자를 삐딱하게 써야 멋이 있다고 한다. 멋있게 타는 스케이팅은 우선 기본기를 잘 익히고 그 다음에 변칙이 따르지 않는가. 멋은 결과이지 목적이 되어서는 안 된다는 말이다. 기본이 없는 멋은 속기(俗氣)와 통한다.

한국에 나가 있을 때 동방연서회 생각이 나서 하루는 아내와 함께 파고다 공원 맞은편 골목에 가서 한참 헤맨 적이 있다. 그러나 동방연서회가 어디쯤 있었는지 그 장소도 찾질 못하고 돌아

왔다. 그러고 보니 아! 10년이면 강산도 변한다는데 벌써 강산
이 다섯 번이나 변한 세월이 흘러 갔네ㅡ. 동방연서회 '사랑방'에
서 웃고 말씀을 나누시던 일중, 여초, 심산 여러분은 모두 타계
(他界)하셨다. 남은 것은 중노(中老)가 된 우리들의 그 시절에 대한
그리움뿐이다.

2009. 1.

아내여 건강하소서

   사람이 일생을 통틀어 겪는 가장 큰 충격적인 '사건'은 무엇일까? 그것은 아마도 십중팔구 배우자의 죽음일 것이다.

   한국에서 S박사가 조선시대 문인들이 쓴 만사(輓詞)나 만시(輓詩)를 모아 놓은 책 한 권을 보내왔다. 만사나 만시란 배우자나 자식, 친구나 가깝게 지내던 사람이 죽었을 때 죽은 이를 추도하기 위해 쓴 산문이나 시(詩)를 말한다. 400페이지나 되는 이 책에는 우리가 살아가면서 사랑하는 사람을 잃었을 때 흘리는 눈물, 죽은 이에 대한 애절한 사랑, 끝없는 뉘우침과 탄식, 못다한 아쉬움이 책장을 넘길 때마다 구구절절 담겨있다.

   만시(輓詩) 중에는 아내를 위한 도망시(悼亡詩), 친구를 위한 도붕시(悼朋詩), 자식을 위한 곡자시(哭子詩), 자기 자신의 죽음을 슬퍼하는 자만시(自輓詩) 등 그 종류도 여러 가지다. 책을 펴낸이의 말처럼 아무리 아내라 해도 당시 시대상으로 점잖은 사대부 남자들이 한 여자의 죽음에 체통마저 내던지고 목을 놓아 엉엉 울 수는 없다. 그러니 추모시를 써서 죽은 이에 대한 그리움과 혼자 남은 쓸쓸함을 하소연하는 것이 가장 쉬운 길이리라.

우선 희암(希菴) 채팽윤이 그의 아내를 잃고 쓴 만사를 살펴보자.

　당신은 황천에 어찌 그리 빨리 갔으며 나는 이 세상에서 어찌 이리도 오래 있는지요/ 일찍이 한 번이라도 기쁘게 해주지 못했는데 이미 죽고 없는 마당에 이런 만사가 무슨 소용이리요/ 당신의 그 착함에 갚을 길도 없는 이 쓸쓸함, 들쭉날쭉한 이 운명에 인생길은 험하기만 하오

　重泉君何早 … 參差命途蹇

채팽윤은 조선 숙종 때 문인으로 6, 7세 때는 신동으로, 21살에 과거에 급제하여 이름을 날린 사람이다. 위의 구절이야말로 천추만대에 길이 남을 절창으로 알려진 당나라 시인 원진(元稹)이 자기 아내를 잃고 쓴 "오직 두 눈 뜬 채 이 긴밤 지내며 평생을 고생한 당신에 보답하네(惟將終夜長開眼 / 報答平生未展眉)"의 14자 절구 못지않는 슬픔과 그리움이 담겨있다. 미전미(未展眉)란 "눈썹 한 번 펴지 못할 정도로 고생했다"는 말이다.

젊어서 아내를 앞세운 사람이 어찌 채팽윤 뿐이겠는가. 이 책에는 희암 말고도 김정희, 이달, 백광훈, 강세황, 이건창, 신위, 채제공 등 조선 때의 기라성 같은 문장가들이 아내를 잃고 쓴 도망시가 있다. 모두가 먼저 간 사람에 대한 끝없는 회한(悔恨)이요 가슴을 도려내는 그리움이다. 아내가 살았을 때 자기 스스로 '나

는 훌륭한 남편'이라고 생각하는 사람이 어디 있을까. 무정한 남정네들은 사랑하는 아내를 잃고 나서야 비로소 때 늦은 뉘우침과 탄식으로 가슴을 치는 것이다.

채팽윤은 그가 쉰 살이 되고 아내가 죽은 지 12년째가 되는 어느 봄 날, 충청도 서천 고을 수령으로 부임해 왔을 때 그 옛날 추억이 가득했던 이웃 고을에 이르자 불현듯 먼저 간 아내 생각이 나서 다음과 같은 애절한 그리움을 적었다.

황천길은 이미 막히었고 자취도 점차 아득해졌다오.
거친 언덕엔 풀만 무성하고 가는 봄에 석양만 기울었는데…
옆에는 옥마산이 있고 하늘엔 별들이라오. 옛날 일을 추억해보자니 내 마음만 슬퍼질 뿐이오. 이 눈물 다하노라면 가버린 당신도 알겠지요.

이걸 보면 영어 속담에 "눈에 보이지 않으면 잊어버린다."(Out of sight, out of mind)는 말도 거짓말이 아니고 그 반대되는 말 "없으면 더 그리워진다"(Absence grows your heart fonder)는 말도 거짓말이 아니다. 소중했던 사람의 이름 석 자는 아무리 세월이 가도 가슴 한 구석에 묻혀 있다가 생일이나 집안에 좋은 일, 궂은 일이 있거나 정든 곳에라도 가면 옛 꿈처럼 희미하게 되살아나지 않는가. 우리가 사람이기 때문이다.

S박사가 보내준 책에는 남편이 아내를 위해 쓴 시(詩)만 있다. 남편을 먼저 보낸 아내도 있을 법한데 내가 받은 책에는 찾아 볼

수 없다. 아내가 남편을 위해 쓴 글로 지금부터 8년 전 안동대학교 박물관에서 본 한 통의 편지 생각이 난다. 고성 이씨 집안에서 조상의 산소 이장(移葬)을 하다가 우연히 발견했다는 420년 전 어느 부인이 젊은 나이에 죽은 남편을 묻으면서 그의 관(棺) 속에 넣어 둔 다음과 같은 애절한 편지 한 통이 돌아서는 내 발길을 무겁게 했다.

당신 언제나 나에게 "둘이 머리 희어지도록 살다가 함께 죽자" 하셨지요 그런데 어찌 나를 두고 당신 먼저 가십니까? 나와 어린 아이는 누구의 말을 듣고 어떻게 살라고 다 버리고 당신 먼저 가십니까? … 함께 누우면 언제나 나는 당신에게 말하곤 했지요 "여보, 다른 사람들도 우리처럼 서로 어여삐 여기고 사랑할까요." 어찌 그런 일들 생각하지도 않고 나를 버리고 먼저 가십니까….

오늘 날 아내를 위한 추모의 글을 읽는 우리는 글을 쓴 당사자들이 느꼈던 아픔을 그대로 느끼지는 못한다. 그 대신 아내가 건강한 모습으로 살고 있다는 사실을 크나큰 다행으로 생각하고 부부간 정의(情誼)를 다짐하는 기회로 삼는다면 너무 기회주의적인 처사일까? 아내여 부디 건강하소서.

2008. 12.

묘비명(墓碑銘)

    젊었을 때 어른들이 이 세상을 떠나면서 남기는 고별사 비슷한 글을 쓴 것을 읽은 적이 있다. 그때는 별다른 흥미 없이 읽었으나 은퇴를 하고 70이 내일 모레가 되니 이런 종류의 글이 점점 가깝게 보인다. 옛날 선비들은 친구나 스승이 세상을 떠났을 때 이를 슬퍼하는 시(詩)나 산문을 쓴다. 그 중에 더러는 자기의 죽음을 스스로 슬퍼하는 만사(輓詞)라 불리는 글을 짓거나, 자기의 묘지명(墓誌銘: 묘지에 남기는 글)을 손수 써 두고 간 사람들이 더러 있다.

    우리나라에서 이런 글로 가장 널리 알려진 것은 이양연이라는 선비의 「자만」(自輓: 자기 스스로 지은 만가)이라는 노래일 것이다. 손종섭 님의 힘을 빌려 우리말로 옮겨보자.

    한 평생 시름 속에 살아 오느라/ 밝은 달은 바라봐도 미나쁘더니
    이제부턴 만년토록 마주 볼 테니/ 무덤 가는 이 길도 나쁘질 않군
    一生愁中過 … 此行未爲惡

조선 500년 동안 가장 큰 학자로 추앙 받는 퇴계(退溪) 이황도 자기 무덤에 남길 명문(銘文)을 짓다가 미처 끝내지 못하고 죽었다. 나중에 그가 남긴 원고 뭉치 속에서 찾아내어 「자명(自銘)」 형식으로 기대승이 쓴 비문의 발문(跋文)과 함께 묘석에 새겨져 있다.

나면서 어리석고 자라서는 병도 많아/ 중간에 어찌하여 학문을 즐겼는데/ 만년에는 어찌하여 벼슬을 받았던고/ …근심 속에 낙이 있고 낙 속에 근심 있는 법/ 조화 타고 돌아가니 무얼 다시 구하랴.
生而大癡 … 復何求兮

영남대학교 정순목 교수가 쓴 『퇴계평전』에 따르면 퇴계는 죽기 전에 조카에게 자기가 죽으면 비석은 세우지 말고 다만 조그만 돌에 "퇴도만은진성이공지묘(退陶晚隱眞城李公之墓)"라고만 쓰고 그 뒷면에는 집안 내력을 간략히 쓸 것을 부탁하였다. 가족 아닌 다른 사람, 이를테면 고봉(高峯) 기대승 같은 사람이 쓰면 있는 말 없는 말 마구 장황하게 써서 세상 사람들의 웃음거리가 된다고 하였다.

그러나 지금 퇴계의 묘소 앞에 서 있는 묘석의 비문을 지은 사람은 놀랍게도 기대승이다. 퇴계가 가족이 아닌 다른 사람에게는 맡기지 말라며 그의 이름까지 들먹인 전라도 광주 선비요, 퇴계 자신보다 26살 후학(後學)이나 13년 동안이나 서로 편지를 주고 받던 서로 돈독한 사이 고봉(高峯) 기대승이다.

나는 북미대륙에 뼈를 묻을 사람인데 묘지명을 남긴다는 것은 어딘지 어울리지 않을 것 같다. 내가 죽으면 내 육신은 불에 타서 한 줌의 재가 되는 것을 생각하고 있지만 그래도 무덤 앞 조그만 돌덩이에 이 세상을 다녀갔다는 말 몇 마디라도 남겨 놓고 가는 것이 어떨까 싶다. 이것도 지나친 허영일까?

나는 극작가 버나드 쇼(Bernard Shaw)처럼 "우물쭈물하다가 내 이럴 줄 알았지(I knew I stayed around long enough, something like this would happen.) 같이 인생을 익살스럽게 볼 마음의 여유도 없고, 그렇다고 도학적 구절을 생각해 낼 실력도 없다. 내가 교회를 부지런히 나가는 사람 같으면 "나로 하여금 푸른 풀 밭에 눕게 하시고 잔잔한 물가로 인도하여 주시네" 하는 찬송가 구절을 적으면 그만이련만 교회에 나가기를 부잣집 약국 하듯 하는 주제에ㅡ.

그러니 천상 남이 쓴 글이나 노래를 훔쳐 와서 내 것인 양 내 묘석에 적어두는 실례를 저질러야 할 것 같다. 무슨 말을 쓸까? 천지신명이 도우사 내 목숨이 70, 80, 90까지 간다면 그 때 가서는 남기고 싶은 말이 달라질지 모른다. 그러나 지금 제일 후보로 떠오르는 것은 고려 때 문호 백운거사(白雲居士) 이규보가 남긴 말 "죽고 사는 게 꿈 하나인데 내 뭣을 근심하리"(死生一夢我何憂)의 우리말로는 17글자, 한자로는 7자 이다. 너무 긴가?

몇 주 전에도 죽음에 관한 글을 쓰더니 이번에 또 이런 것을 쓴다고 아내는 못마땅해 하는 표정이다. 그러나 사람 나이 70에 가까우면 죽는 이야기라고 덮어 놓고 얼굴을 돌릴 일이 아니지 않는가.

2008. 3.

묘비명 239

시(詩)와 궁핍

　한국 어느 문학 비평가가 캐나다 한인교민 수필에 관한 글에서 내가 수필이 캐나다 교민사회에서 "그 어떤 장르보다도 중요하다고 말한다."는 주장을 했다고 적었다. 그런데 나는 그런 주장을 한 적이 없다. 내 생각에 문학의 주류는 어디까지나 시(詩)와 소설이다. 여기에 수필도 순수문학 반열에 끼일 수 있느냐 없느냐 하는 것을 두고 수십 년 해오던 시비가 아직도 끝을 내지 못하고 있는 이 판국에 문학을 전공한 사람도 아닌 내가 뭘 안다고 다른 장르보다도 수필이 더 중요하다느니 어쩌니 하는 무식한 말을 하겠는가. 조선조나 박정희, 전두환 독재 시절에 흔히 듣던 필화(筆禍) 사건이란 것도 이같이 별것 아닌, 빗나간 해석과 부실한 인용으로 시작됐겠지 하는 생각이 들었다. 어딜 가나 김대중, 노무현으로 시작되어 이명박으로 끝나는 한국과는 달리 캐나다 교민 사회에서는 정치 이야기나 지방 소식에는 별 관심이 없으니 수필이 교민 정서에 막대한 영향을 준다는 말은 한 적은 있다. 이 말은 수필이 다른 문학 장르보다 더 중요하다는 말과는 다르지 않는가.

시(詩) 얘기가 나왔으니 말이지 나는 시(詩)에 대한 관심만 크지 이해는 별로 없다. 그런데 시, 특히 고전 시(詩)에 대해서 한 가지 궁금한 것은 궁핍한 사람이 시(詩)를 잘 쓰는가, 아니면 그렇지 않은 사람이 시(詩)를 더 잘 쓰는가 하는 데 대한 궁금증이다.

하루는 아침 산책길에서 아내에게 이 질문을 던졌더니 "궁핍한 사람이 더 잘 쓴다"는 대답이 나왔다. 조선조의 손곡 이달이나 연암 박지원, 여명기의 김소월이나 장만영 같은 빼어난 시인은 무척 궁핍했던 시인이란 것이 그 증거다. 그러나 조선조나 여명기에 뛰어난 시인들 중에는 궁핍과는 거리가 멀었던 시인들도 많지 않은가. 예로 조선조의 임금 몇 명을 비롯해서 김종직이나 허난설헌, 김창협 그리고 여명기의 최남선, 이광수, 김영랑 등은 당시 수준으로 보면 비교적 부유한 가정 출신들이다. 그럼에도 불구하고 사람들은 일반적으로 시는 궁핍한 사람이 좋은 시를 더 많이 내놓는다고 생각한다. 우리 사고의 '선택적 기억' 현상 때문인 것 같다. 물론 궁핍하다는 말은 물질적으로 어렵다는 말보다는 실의와 좌절 같은 정신적 가치를 가리킬 때가 더 많지만 이들은 나란히 함께 다니는 경우가 많지 않은가.

시(詩)와 궁핍의 관계는 내가 산책을 하다가 처음 생각한 것은 물론 아니다. 옛날 중국의 구양수가 처음으로 제기한 논란거리였던 명제. 천하명필 구양수는 시궁이후공(詩窮而後工)이라 하여 궁핍한 환경이 시인으로 하여금 시를 잘 쓰게 한다고 주장하였다. 중국의 두보, 조선의 이달 같은 걸출한 시인들이 평생 궁핍에서 헤어나지 못한 것을 보면 위의 주장에 고개가 끄덕여진다. 그러나 시(詩)는 사람을 궁핍한 환경으로 몰아넣는다는 시능궁인(詩能窮人)을 주장하는 사람도 있다. 이 말 뒤에는 시를 쓰면 더욱 더 궁핍해진다는 가정이 깔려있다.

　나 같이 시(詩)에 대한 이해가 적은 사람이 이렇다 저렇다 의견을 내 놓기는 조심스럽지마는 한 편의 시가 뛰어난 작품이 되기 위해서는 일상성을 뛰어넘는 생각의 구조적인 변화가 있어야 한다. 그런데 이 생각의 변화는 현실과 밀착되어 있을 때는 이루어질 수가 없다. 영어 우스갯소리, "뚱보 고양이는 쥐를 잡지 못한다"(Fat cats cannot catch the mouse.)처럼 너무 만족 태평스러운 현실에서는 창의적인 시상(詩想)이 어렵다. 정민 교수의 말을 빌리면 궁핍한 상황이 가져다 준 이상과 현실 사이의 동떨어짐과 여기서 벗어나려는 자아의 노력이 합해서 시(詩)를 더 좋게 한다는 것이다. 시뿐 아니라 문학의 모든 분야가 현실의 만족 속에서 나오기보다는 무언가는 잃어버렸거나 미흡한 마음 상태에서 더욱 더 찬란한 빛을 내지 않는가!

　시(詩)도 현대시에 오면 일은 더 난감해진다. 현대시(詩)는 작가의 주관적 표현이 너무 큰 자리를 차지하고 있기 때문에 시(詩)의 좋고 나쁜 기준을 세우기가 어렵다. 뛰어난 시와 뛰어나지 못한 시를 분별하기가 어려우면 궁핍은 시를 더 잘 쓰게 한다는 시궁이후공(詩窮而後工)이나 시를 쓰면 더욱 더 궁핍해진다는 시능궁인(詩能窮人)이니 하는 말도 별 의미가 없는 말이 되지 싶다.

2009. 9.

고추 없는 남자

남아공화국(South Africa) 출신으로 18살 나이의 육상선수 세메냐(Caster Semenya) 양은 2009년 8월 독일 베를린에서 열린 세계육상경기대회 여자 800미터에서 금메달을 땄다. 그가 자기 나라로 돌아올 때는 난동에 가까운 환영회가 그 나라의 제일 큰 도시 요하네스버그에서 그를 기다리고 있었다. 그런데 세메냐가 귀국환영식에 참가하기 전, 그가 남자냐 여자냐를 규명하기 위한 성(性) 검사가 있었다. 세메냐의 유난히 깊은 목소리와 근육질 체격에 의심이 간 사람들이 기록을 깬 세메냐가 혹시 남자는 아닐까 육상연맹에 성(性) 확인 검사를 요청했기 때문이다. 보통 성(性) 확인은 경기가 열리기 전에 마무리되는 것이 상례인데 세메냐의 경우는 이름이 전혀 알려지지 않은 무명선수였기 때문에 성(性) 확인을 그가 금메달을 딴 후에 하게 된 것이다.

성(性) 확인의 골자는 남자냐 여자냐를 가리는 것. 그런데 세메냐의 성을 확인하기 위해서 동원된 전문가의 수가 놀랍다. 산부인과 의사, 내분비 전문의, 내과의사, 심리학자, 성(性) 전문가,

이렇게 모두 다섯이다. 도대체 이 다섯 전문가가 왜 필요한가. 한국에서 동네 목욕탕에 한 번이라도 가본 사람은 알 수 있으리라. 남자, 여자를 감별하기란 식은 죽 먹기보다 쉬운 일이라는 것을―. 나 같으면 10초 안에 30명은 너끈히 해치울 수 있지 싶은데 세메냐의 경우는 이들 다섯 전문가들이 검사를 해서 2주 후에나 그 결과를 발표할 예정이라 한다. 그까짓 것 배꼽아래 가로 10㎝, 세로 10㎝ 크기의 좌청룡우백호를 쓰윽 한 번 훑어보면 되는 것을!

그 다섯 명에 심리학자는 왜 들어갔을까. 내 생각에 세메냐가 자기 자신을 어떻게 생각하며 동네에서는 그를 어떻게 생각하는지, 어릴 때의 꿈은? 남자를 좋아했었느냐 여자를 더 좋아했었느냐 등을 알아보려는 목적이었을 것이다. 내분비과 의사는 남성 호르몬 분기가 정상적인가를 알아보기 위한 것. 아닌게 아니라 세메냐는 남성 호르몬이 여자의 3배가 넘는 결과가 나왔다는 소문이 나돈다.

좌우간 이 다섯 전문가들의 판단이 세메냐는 고추가 없다뿐이지 그 밖에 모든 것은 남자라는 결론이 나왔다하자. 즉, 세메냐는 남성 호르몬이 남자 수준, 어릴 때부터 자기 자신을 남자로 생각했고, 동네에서도 남자로 대해왔다… 등이다. 다 좋다. 그런데 그 고추란 것이 있어야 할 자리에 견고하게 달려 있지 않다면 그를 남자라고 할 수 있을까?

과학적으로 세상을 보는 것은 일반 사람이 보는 것과 다를 수 있다는 것을 모르는 바 아니다. 그러나 남자냐 여자냐 하는 문제를 두고 이렇게 야단법석을 부리는 것은 분명 하나의 코미디에 지나지 않는다는 생각이 든다. 아무리 '과학적'이라는 말이 존경스러운 말이라 해도 어떤 속성(屬性)에 대한 과학적 판단이 우리의 만지고, 보고, 듣는 감각기관을 통한 판단과 일치하지 않을 때는 문제가 되는 경우가 있다.

예로 우리는 뜨겁고 차가운 정도를 알아보려고 할 때 우리의 감각기관을 통해서 느끼는 것과 온도계가 말해주는 것이 서로 일치를 했기 때문에 온도계에 신임을 주기 시작했고, 지금은 우리 감각기관을 통한 판단보다도 온도계의 판단을 더 믿는다. 그러나 온도계가 처음 이 세상에 나왔을 때를 상상해보자. 그리고 이 온도계가 일러주는 뜨겁고 차가운 정도와 우리의 감각기관을 통해서 들어온 정보가 전연 일치하지 않는다고 가정해보자. 추운 겨울날인데도 온도계는 섭씨 5°, 15°을 가리킨다면 이 온도계는 아무 쓸모없는 물건으로 취급되어 쓰레기통에 버려지고 말았을 것이다.

육상 선수 세메냐 양으로 돌아가자. 전문가들이 세메냐 양을 여자보다는 남자에 더 가까운 사람이라는 과학적 결론을 내렸다 하자. 도대체 튼실한 고추가 달리지 않는 사람을 남자라고 부를 수 있을까? 그런데 고추가 있고 없는 것은 구태여 전문가가 아니더라도 누구든 쉽고 정확하게 판단할 수 있지 않는가. 과학이 규명한 현실이란 가끔 보통 사람에게는 별 의미가 없는 것일 때가 있다는 말이다. 전문가들의 검사 결과를 기다려보자.

2009. 9.

해천추범(海天秋帆)

　‘해천추범’이란 조선 고종 때 명성왕후 시해가 일어난 직후 당시 시종무관장으로 있던 충정공(忠正公) 민영환이 러시아를 다녀오면서 보고 들은 것을 적은 책 이름이다.

　충정공이 쓴 이런 기행문이 있다는 것은 오래 전부터 알고 있었으나 우리 말로 번역된 것을 손에 들어본 것은 처음이다.

　민영환은 1896년 러시아 니콜라이 황제 2세의 대관식에 참석하기 위해 인천항을 떠나 실로 기나긴 여행길에 나섰다. 배를 타고 중국 상해, 일본 요코하마로 가서 태평양을 건너 캐나다의 빅토리아, 밴쿠버로, 밴쿠버에서 기차로 위니펙, 오타와를 거쳐 몬트리얼로 갔다. 몬트리얼에서 뉴욕으로, 뉴욕에서 영국 런던, 독일 베를린을 거쳐 기차로 모스크바, 세인트페테르부르크(St. Peters -burg)까지 갔으니 지구를 한 바퀴 돈 셈이다.

　조선에서 살기만 하던 민영환에게는 캐나다. 미국, 영국, 러시아의 신문화를 접하는 것은 상상을 뛰어 넘는 신기하고 놀라운 견문이었을 것이다. 캐나다에서 그가 적은 것을 한 구절 보자.

…… 오전 5시에 밴쿠버 항구에 배를 대었다.

…… 내려서 호텔로 갔다. 호텔 이름 또한 밴쿠버였다. (호텔 밴쿠버를 말함) 5층 높이에 넓게 트인 집이 있었는데 오르고 내리기가 쉽지 않을 것을 헤아려 한 칸의 집을 마련하여 전기로 마음대로 오르니 기막힌 생각이다(엘리베이터 : 옮긴이). …… 산에는 교량을, 물에는 다리를 놓고 쇠로 궤도를 설치하여 바람이 달리고 번개가 치는 듯하니 보던 것이 금방 지나가 거의 꿈속을 헤매는 것 같고 확실치 아니하여 능히 기억할 수 없다.

박정수 님이 쓴 『남가몽』이란 책을 보면 이때쯤에는 고종황제가 집무하던 덕수궁 함녕전에 전화기가 놓이고(전화가 놓인 것은 1896년이었다.) 전화를 받는 직책을 가진 사람도 있었다는데 민영환은 이를 못 보았는가 전화기를 전언통(傳言筒)이라는 귀여운 이름을 달아 시(詩) 한 수를 지었다.

벽 위에서 종소리가 사람을 대신 부르니
통 속에서 전하는 말 조금도 어그러짐이 없네
만사 서로 논하기를 마주 대하는 것 같으니
비둘기와 노비, 종인들이 오고가는 노력을 면할 수 있네

과학 문명의 발달에는 놀라움과 찬사를 아끼지 않았으나 기타 생활 관습이나 문화예술분야는 오랑캐의 풍습으로 돌려 이맛살을 찌푸린 고집불통인 경우가 많아 웃음이 나온다.

양반의 진짓상에 웬 쇠스랑(포크 : 옮긴이)과 장도(나이프 : 옮긴이)는 등장하는가? 입술이 찢기지 않으면서 접시의 물건을 입에 넣는다는 것은 참으로 고역이구나. 희고 눈 같은 것(설탕 : 옮긴이)이 달고 달기에 이번에도 눈 같은 것(소금 : 옮긴이)을 듬뿍 떠서 찻종지에 넣으니 그 갈색물(커피 : 옮긴이)이 너무 짜서 삼킬 수도 뱉을 수도 없더라. 노르스름한 절편(치즈 : 옮긴이)은 맛도 향기도 고약하구나. 청중이 모인 자리에서 웬 신사가 목살에 힘줄이 돋칠 정도로 소리를 지르니(테너 : 옮긴이) 모두들 그를 우러러 보더라. …… 벌거벗은 것이나 다름없는 소녀가 까치발을 하고 빙빙 돌며 뛰기도 하고 멈추기도 하는데(발레 : 옮긴이) 가냘픈 여성을 학대하다니 서양 군자들은 참으로 짐승이구나.

그런데 나는 21세기 과학 문명 속에 살면서도 나에게는 아직도 민영환이 엘리베이터, 전화기를 처음 보듯 신기하다는 생각을 떨쳐 버릴 수 없는 것이 몇 가지 있다. 그 첫째는 비행기다. 여객기가 그 많은 사람과 그 많은 짐을 싣고 그 육중한 몸이 '부르릉' 소리를 내며 땅을 차고 솟아오르는 것을 보면 "어떻게 저럴 수가!…" 아무리 생각해도 이해가 안 간다. 둘째로 전화다. 서울에서 '콜록' 하고 기침만 해도 그 기침소리가 태평양을 건너 내 고막을 두드리니 이것도 믿기 어려운 사실—. 세 번째는 전자 통신이다. 한국에서 보낸 편지가 몇 분 안에 내 책상 위에 고스란히 전달되어 신기하다기보다는 무서운 생각이 든다.

그러나 이렇게 신기한 세상이 되어도 '사람 마음 아는 법'은 어찌 그리 원시적일까? 그러나 이것도 몇 천 년 세월이 흐르면 옆으로 지나가는 사람이 뭣을 생각하는지 대번에 알아낼 수 있는 기계가 발명될 것이다. 이 기계 이름을 "사람의 마음을 본다."는 뜻의 견심기(見心機)라고 해 두자. 어느 모로 보아도 이따위 발명은 사람 사는 재미를 줄이고 말 것 같다. 이런 경이로운 기계들이 쏟아져 나오기 전에 요단강 저편으로 거주지를 옮기는 것도 하나의 축복이 아니겠는가.

세 밤만 자면 한인 합창단 정기 발표회. 아내의 중학교 동기동창 음악박사 K씨가 젓가락 한 개를 들고 나와 사람들 앞에 서서 이리저리 휘저으면 40명이 넘는 신사 숙녀들이 목살에 힘줄이 돋칠 정도로 소리를 고래고래 질러댈 것이다. 그러면 사람들은 그들을 우러러보고 손바닥이 아플 정도로 박수를 치는 광경이 벌어지고ㅡ.

별 이해는 없지만 구경거리는 되지 않겠는가.

2009. 11.

2008년 묵은 달력을 떼며

當歌欲一放　淚下恐莫收

한바탕 노래라도 불러보고 싶지만

눈물이 쏟아지면 걷잡을 수 없으니

　위에 적은 구절은 『한시 미학 산책』이라는 좋은 책을 쓴 정민
교수가 '학산당인보'(學山堂印譜)를 모아 펴낸 책 『돌 위에 새긴 생
각』을 뒤적이다가 눈에 띠어 붓을 든 것이다. '학산당인보'란 장
호라는 사람이 유명한 전각가들이 옛 경전에서 좋은 글귀를 골라
새긴 인장을 모은 책이다. 정민 교수는 윗 글에 부쳐 "노래와 눈
물은 함께 간다. 마음속에 눌린 회포를 목청껏 한 곡조 노래로
불러 보고 싶지만 정작 그 때 내가 내 감정을 주체하지 못할까
염려한다."고 적었다.

　맞는 말이다. 눈물과 노래는 동전의 앞뒤. 우리는 슬퍼서 울고
기뻐서도 운다 시인 정완영 님은 인생살이에서 가장 값진 것이
눈물이라 하지 않았는가. 눈물은 인생의 지하수ㅡ. 그러니 눈물

은 곧 그 사람 인생살이의 깊이요 표고(標高)라 했다.

그런데 타관 땅에서 우리 생활은 눈물도 아니요, 그렇다고 웃음도 아니다. 울 일도 없고 웃을 일도 없는 무덤덤한 1년 365일. 내리 누르는 듯한 그 무거운 공기. 마치 지나가는 장례식 행렬을 바라보는 것 같은 가라앉은 분위기 속에서 하루해가 뜨고 진다. 벌써 해가 바뀐다. 해 바뀌는 일에 왜 이리 신경이 쓰일까?

萬里江湖一葉身 來時逢雪又逢春

이 넓은 강호만리에 나뭇잎 신세

올 때는 눈 만나고 갈 적에는 봄 만나네—

꽃 피면 또 눈 오고 강물은 흐른다. 울 일도 웃을 일도 없는 이 평원에 또 한 해가 그림자도 없이 지나간다. 근하신년.

2008. 12

청현산방주인 도천

2009 기축년아 잘 가거라

生無一日懽　死有萬世名
살아선 하루도 즐거운 날 없었지만
죽어선 만세불후토록 이름이 났네

　위의 말은 노무현 전 대통령의 비극적 죽음에 꼭 맞는 말인 것 같다. 올해 노무현씨의 죽음은 나에게 가장 큰 충격적인 사건이었다. 다른 사람들도 그렇겠지. 그의 죽음을 동정하는 사람도 있고, 자기가 깨끗했으면 왜 스스로 죽음을 택했겠느냐고 나무라는 사람도 있다. 나는 동정파에 속한다.
　가끔 "내가 만일 노무현이었으면……"을 상상해 본다. 그리고는 나도 자살을 하고 말았을 것이라는 결론에 이른다. 그 이유는 이렇다. 만약 내가 자살을 않고 살아서 "떳떳하게" 재판을 받는다면 명예를 회복할 가망이 있었겠는가? 없다. 굴욕과 멸시, 야유가 무덤가는 날까지 따라다닐 여생이 아닌가. 아무리 대통령을 지냈다 하나 이 수모와 멸시 냉소와 조롱을 견디고 살아갈 인

내력은 없다.

"소위 대통령을 지냈다는 공인(公人)이 자살을……" 하고 혀를 차는 사람도 있을 것이다. 나는 대통령이기 전에 사람이고 싶다. 너무 대통령을 강조하면 우리는 '사람 아닌 사람'을 두고 말을 하게 되는 것이다.

대통령이라고 나와 다를 것은 없다. 대통령도 부부싸움을 하며, 대통령도 자식 걱정, 대통령도 불안하고 걱정되는 일로 잠 못 이루는 밤이 있다. 한 마디로 대통령도 사람이다.

대통령 노무현의 죽음은 우리들로 하여금 많은 것을 생각토록 했다. 무엇보다도 인생(人生)에 대한 생각이다. 今日殘花昨日開 (오늘 시든 꽃 어제 피어난 것), 인간의 부귀공명이 저 꽃과 같은 것. 한나절 뽐내자고 그 오랜 시간을 기다렸던가? 시인은 말했다. 물거품처럼 세상을 바라보자. 뜬 구름처럼 세상을 바라보자. 아지랑이처럼 세상을 바라보자. 기축년 소[牛]의 해야 잘 가거라.

2009 세모에

靑峴山房主人 陶泉

2010년 경인 새해를 맞으며

불황이다, 공황이다, 경제위기다, 사람 겁주는 말은 총동원 되다시피 하던 기축년이 가고 경인년 새해가 왔다.

용기백배로 이 난국을 정면 돌파하자는 진군(進軍)의 나팔 소리에 귀가 솔깃해지는 사람들도 있다. 경제를 살리겠다던 대통령도 기가 죽었는데 하물며 우리 같은 부평초야 말을 꺼낼 용기라도 있겠는가.

그래서 올 경인년 새해 인사는 安往而不得貧賤哉(어디를 간들 빈천이야 얻지 못하겠는가)로 했다. 밑바닥까지 내려 갈 작정이 서면, 그리고 내가 가진 것을 잃지 않으려고 바둥대지만 않는다면 이세상에 겁날 것이 무어 있겠는가.

그야말로 이판사판. 위의 구절은 유명한 전각가(篆刻家)들이 옛경전에서 좋은 글귀를 골라 새긴 인장을 모아 엮은 책『학산당인보기(學山堂印譜記)』에서 빌려 온 말이다.

우리의 어려움을 참고 견디는 데 이 같은 명구(名句)를 만나기가 그리 쉬운가? 하늘은 우리에게 잔인할 때도 있지만 자비스러울 때가 더 많은 것. 희망이 너무 크면 실망도 크다. 그렇다고 희망을 버리지는 말고 그냥 개미처럼 365일을 고물고물 열심히 살아가자.

2010 새해 아침에

靑峴山房主人 陶泉